Agosto

AGOSTO
Romina Paula

tradução de
Ellen Maria Vasconcellos

© Moinhos, 2021.
© Romina Paula, 2009.
© Editorial Entropía, 2009.
Em acordo com Indent Literary Angency
© Ellen Maria Vasconcellos, 2021.

Edição: Camila Araujo & Nathan Matos
Assistente Editorial: Vitória Soares
Revisão: Ana Kércia Falconeri
Capa: Sergio Ricardo
Projeto Gráfico e Diagramação: Luís Otávio Ferreira

Nesta edição, respeitou-se o Novo Acordo Ortográfico da Língua Portuguesa.
Dados Internacionais de Catalogação na Publicação (CIP) de acordo com ISBD
P324a
Paula, Romina
Agosto / Romina Paula ; traduzido por Ellen Maria
Vasconcellos. - Belo Horizonte : Moinhos, 2021.
160 p. ; 14cm x 21cm.
ISBN: 978-65-5681-095-9
1. Literatura argentina. 2. Romance. I. Ellen Maria Vasconcellos. II. Título.
2021-1178   CDD 868.99323   CDU 821.134.2(82)-31
Elaborado por Vagner Rodolfo da Silva - CRB-8/9410

Todos os direitos desta edição reservados à Editora Moinhos
www.editoramoinhos.com.br
contato@editoramoinhos.com.br
Facebook.com/EditoraMoinhos
Twitter.com/EditoraMoinhos
Instagram.com/EditoraMoinhos

Programa Sur

Obra editada en el marco del Programa Sur de Apoyo a las Traducciones del Ministerio de Relaciones Exteriores, Comercio Internacional y Culto de la República Argentina
Obra editada no âmbito do Programa Sur de Apoio às Traduções do Ministério das Relações Exteriores, Comércio Internacional e Culto da República Argentina

A menina retorna com rosto de roedor, desfigurada por não querer saber o que é ser jovem.

Héctor Viel Temperley, *Hospital Britânico*

I

ALGO ASSIM COMO QUERER ESPALHAR SUAS CINZAS,
como querer te espalhar.

Foi o que me disse seu pai ontem quando me encontrei
com ele, me contou isso, que já faz cinco anos. Eu já sabia, na
verdade, mas acho que não tinha em mente que então já se
cumpria o prazo jurídico. Estávamos tomando vinho branco,
não sei por que, suponho que por inércia. Eu não gosto de
vinho branco, mas isso é o de menos. Fomos a um desses
bares de paredes amarelas e luzes de LED, porque sim, porque
era perto e porque tinha calefação. Não comemos nada, não
comemos porque era muito cedo para a janta e muito tarde
para um lanche da tarde. Além disso, já tínhamos decidido
que íamos tomar vinho. Branco. Então imagina como foi que
eu fiquei. O vinho, as cinzas, o pacote completo. Jorge me
disse que já é possível exumar o corpo, o seu, que já podem
te exumar, isto é, dispor do seu corpo. Que como venceu o
prazo jurídico para uma exumação já podem te tirar dessa
tumba anônima e dispor, dispor do seu corpo. Me disse que
querem te tirar daí para te espalhar em outro lugar, parece
que querem te espalhar em algum lugar ou te enterrar, não
sei, isso não ficou muito claro, mas acho que nem eles sabem
exatamente o que fazer. Que queria me contar, assim pessoalmente, e me convidar para ir até sua casa, que não me
preocupe com os gastos da viagem, se eu não tiver, que eles
arcam, porque querem que eu esteja aí a qualquer custo, que

é importante que eu esteja. E que queria compartilhar, me comunicar a decisão também, e saber o que eu achava. Cinco anos, puta merda, não consigo acreditar, cinco anos já. Claro que sim, claro que tenho algo para dizer, claro que não só algo, mas muito o que dizer, vários anos sem falar sobre ou comentando sempre com as mesmas – poucas – pessoas, claro que tenho o que falar.

Trato de falar, tento me recompor, busco reforço num gole, um longo gole olhando a garrafa de Chalise até aonde ia a atenção do seu pai, que olha pela janela, que tem tempo, que está tranquilo e aí de repente me entra sabe-se lá de onde uma emoção terrível, uma angústia incontrolável, e não quero chorar na frente do seu pai, justamente porque ele está assim, todo inteiro, não ia ser bom chorar na frente dele. Não sei se o vinho branco favorece a choradeira ou o que desencadeou, quero dizer, porque já fazia um tempo que eu podia falar de você sem perder a compostura, inclusive falar sobre o que aconteceu, do que aconteceu com você, dizer *depois da morte de* e não *depois do que houve com*, que sabemos, é muito mais ambíguo e dá margem à confusão. Ou pelo menos já não cito isso, o desaparecimento total. Vê? Inclusive agora já posso dizer, dizer seu nome, escrever tudo isso sem me comover, mas nesse momento não sei, coitado do seu pai. Talvez fosse a surpresa também, porque, claro, ia encontrar com ele e fiquei contente só de saber, de vê-lo, de saber da sua família, e não estava preparada, não estava preparada para nada triste, ou excessivamente triste e então me surpreendi. E o vinho, eu nunca tomo vinho branco. Então foi que ele me disse da cremação e me perguntou o que eu achava, que se interessa pela minha opinião e, bom, eu faço um esforço, tento me recompor, controlar meu queixo que treme, a mandíbula, e digo pra ele, não sei como, que concordo com ele, que eu estou de acordo com qualquer decisão que tenham, porque, na verdade, todos esses rituais que têm a ver com a morte são muito mais para os que ficaram do que para quem já se foi. E que se, para eles, era o melhor a se fazer, que se o cemitério não lhe significava nada em particular, como um lugar de visita, de referência, que fizessem, que por mim estava bem, na verdade me parecia uma boa forma de encerrar, considerando que já se fazia cinco anos. Algo assim, respondi, falei com veemência, acho, depois do vinho, suponho, porque queria tanto que ele não notasse a tristeza, que falei com convicção. Espero não ter atuado além da conta. Depois brindamos e tratei de recorrer mentalmente a *Six Feet Under*, à naturalização, à morte como cotidiano, como sossego, para me tranquilizar, para esfriar a emoção. Mas me custou, por alguma razão não chegou a me gerar a sensação de cotidiano dos Fisher. Depois seguimos conversando de qualquer outra coisa e me recompus até a hora de nos despedirmos. Quando seu pai me abraçou, meus joelhos fraquejaram e quase que não os venci, como naquele outro dia. Me emocionei, ele percebeu, e percebi que ele também estava emotivo.

Primeiro, e não sei em que ordem, rego um jardim, é Esquel, é o jardim da minha casa em Esquel, a casa do meu pai geminada com a sua chácara. Rego as árvores do quintal, me lembro da ordem, qual árvore depois de qual, e a sensação de transitar de uma sombra para outra, em qual cresce grama e em qual não. O eucalipto, o carvalho, o pinheiro, o pinheiro com seus frutos em forma de roseta, as rosas do pinheiro, marrons, de madeira, como flores de madeira; o espaço para guardar tranqueira, sem árvores, a horta, a breve plantação de framboesas, sem muito fruto, a árvore de galhos idênticos, paralelos desde a terra, fácil de trepar e suas frutinhas laranjas e amarelas, pegajosas, são suas flores?; o abeto, como um pinheiro só que azul, que nenhuma criança ou planta consegue trepar e então não ganha muita atenção, não tem tanta personalidade, para nós que medimos as árvores pela sua utilidade. Tudo está muito seco e me custa controlar a mangueira, porque é grande, pesada e se sente que tem muita pressão de água. É amarela?

Depois, estou na faculdade e alguém toca a ponta de um dos meus dentes, os incisivos, um pedacinho que parecia estar solto e é assim que se quebram todos, toda a parte de cima cai em pedacinhos, como se fossem cacos de vidro. Só me sobram restos de dentes, pontiagudos e afiados, como os de ratos, mas quebrados. Surpresa e dor.

2

AGORA ESCUTO UM BARULHINHO DE RATO O TEMPO todo. E isso significa que: quero me mudar, quero sair daqui. Ramiro não. Para ele parece uma estupidez. Ele argumenta que na cidade qualquer lugar está cheio de ratos, que deveríamos agradecer que não é uma ratazana, e que isso se resolve não enchendo o armário de comida. Por minha vez, cada vez que descubro um novo pacote picotado pelos dentinhos do animal, tenho vontade de vomitar. E de sair daqui, de me mudar. Ramiro disse que toda vez que encontro um problema, por menor que seja, no lugar de pensar em como poderia resolvê-lo, quero fugir. Pode ser. Mas não encontro uma solução para este. E, além disso, não é o único. Problema, quero dizer. Por outro lado, isso que ele define como fugir, provavelmente seja meu instinto de preservação. Então, para mim, a invasão do rato termina de confirmar o estado de abandono ao qual temos a casa, o pouco presentes que estamos na casa (eu, pelo menos) como para que algo assim possa avançar, outro ser. E se não é assim, como se explica que tenha aparecido agora e não e nunca nos últimos anos? Não acho que seja casualidade. Ou sim, ou melhor ainda, uma acumulação de casualidades que se sintetiza no rato. Por um lado, o sonho dos dentes de roedor. Depois, olho pra cima numa noite, na esquina de casa, e vejo um rato correr pelos fios de luz, como se fossem caminhos, com essa determinação, essa segurança. Dias depois me topo com outro, outro rato em outro bairro, paralisado, tenso. Está próximo do meio-fio. Ato as histórias, suspeito que se eletrocutou e caiu assim, esturricado, sobre a calçada, duro. E depois, de dentro do ônibus, vejo ratazanas, essas sim, essas sim, gigantes, as vejo passar, ir do prédio abandonado até uma acumulação de sacos de lixo, roubam algo, roubam coisas, alimentos, vão e voltam, muito rapidamente, muito eletricamente, uma com um pedaço de pão; vejo como se multiplicam sob meu olhar, cada vez vejo mais e me obrigam a pensar no roedor, o nosso. É um só ou são mais, é uma família talvez? Se apropriando do que é seu, ou melhor, se apropriando do que é nosso armário. Me resigno, quero deixar a casa, não quero matá-lo, não quero envená-lo, se acontece dele morrer na cozinha, vou querer ir embora de qualquer jeito. Que nojo, já era, já foi, a merda está feita, o rato já tomou conta, já até nos vimos, já nos olhamos nos olhos, já não posso matá-lo nem mandar que o matem, nem muito menos conviver com ele. A cozinha é sua, já me dei por vencida. Lembrei, agora, era em *Bleu* ou em *Rouge* que a moça descobria um rato ou era uma mãe com seus ratinhos filhotes no depósito ou na lavanderia, não me lembro muito bem o que era, que lhe deixava muito impressionada? Eu então, vendo isso, não entendia o porquê de tanta coisa, por que tanto espanto por uns ratinhos. Depois, acho que ela pedia o gato emprestado do vizinho e o deixava trancado no quarto com os ratos para que fizesse seu trabalho, e lembro que ele fazia – ela – impressionadíssima, acredito que porque ela estabelecia uma espécie de paralelismo entre essa mãe-rata e ela. Isso sim era tratado no *Bleu*. Mas se era no *Rouge*, também, dá no mesmo, a identificação entre o rato e ela, todas as mulheres trágicas, todas as mulheres que sofrem, todas trágicas.

Não quero mais morar aqui. Ramiro disse que façamos assim: tragamos um gato. Que se me apeguei ao rato como uma idiota e me nego a matá-lo ou envená-lo, que deixe que a natureza faça o que é próprio dela, que o gato faça o que sabe fazer, que provavelmente nem vamos perceber, e que o rato provavelmente nem venha, que nem volte, se suspeitar que agora temos um gato. Pode ser. E me lembrei de quando entraram uns ladrões lá em casa, lá em Esquel, e que eu também, que também naquela situação propus que nos mudássemos. Não me lembrava, mas é verdade, faz muito tempo isso. Sim, a sensação de intrusão tinha sido horrível para mim, não era pelo material, nem sequer me lembro do que roubaram, mas sim, e isso me custou um tempo superar, que entraram na casa enquanto dormíamos, enquanto estávamos ali, os três na casa, porque nesse momento ainda éramos três, meu pai ainda não tinha voltado a se casar. Não só não pude dormir na noite seguinte do roubo, mas muitas outras, muitas outras também. Não era que não dormia, na realidade, mas que acordava todas as madrugadas na mesma hora. Ia até o videocassete da sala, que mostrava as horas com os numerozinhos verdes, não o levaram, devem ter se assustado com algum barulho ou sabe-se lá por que, mas não o levaram e então sempre na mesma hora eu acordava, em pânico, assim, como que por um relógio interno, me levantava e espiava o corredor que dava diretamente na sala onde estava a televisão e o videocassete. Eu via se a luz verde que irradiava do visor do videocassete era a mesma, se o percurso da luz dos números era o de sempre, o conhecido, ou se algo o obstruía. Se estava bem, era sinal de que estávamos a salvo, pelo menos nessa noite. Se não, se houvesse algo obstruindo a luz ou simplesmente não estava, tínhamos sido atacados outra vez. Assim foram noites, noite trás noite, enquanto meu pai e meu irmão dormiam sem imaginar que eu passeava, que alguém andava pela casa, que alguém velava por seus sonos, o deles, o sono deles. Não sei quanto durou, obviamente nunca contei para eles sobre meu perambular noturno, nunca lhes disse nada, mas insistia em que nos mudássemos. Para mim, então, essa casa já tinha cumprido seu ciclo: foi dali que minha mãe tinha fugido, ali era onde decidira que não queria mais viver com a gente (nem ali nem em nenhum outro lugar, agora eu sei, mas na época não tinha isso tão claro) e como se isso não fosse suficiente, agora tínhamos começado a ser vulneráveis para o lado de fora, agora também para fora. Para mim era mais do que suficiente para declará-la maldita. Declará-lo. Um sobrado. Um sobrado maldito. Mas o argumento do meu pai sempre foi muito mais frio e concreto que o meu: Para onde merda você quer que a gente vá? Contundente. E ainda me invertia a proposição: nossa casa agora era mais segura que qualquer outra, que todas as demais; as probabilidades de que fôssemos assaltados outra vez, em breve, era de um em mil, em milhões. Não sei, mas não me convencia, mas não me sobrou outra que acatar. Depois, não sei quando, em algum momento, deixei de acordar às três da manhã e pronto, passou. Meu pai segue vivendo aí. Suponho que as razões que eu tinha para ir eram as mesmas que ele tinha para ficar. Por outro lado, suponho que ele realmente acreditava nessa estatística. E Ramiro me lembrou disso, desse momento em que eu insisti para que nos mudássemos e em como depois passou, simplesmente sumiu/evaporou. O fato é que agora não posso fazer muita coisa sem ele, sem seu consentimento. Sozinha não posso morar. Com Manuel também não. É bem provável que eu aceite o convite de seus pais. Uns dias no Sul podem me fazer muito, mas muito bem. Enquanto isso, que o gato faça o que precisa ser feito. Eu, por minha vez, prefiro não estar aqui.

3

PRIMEIRO PARA EM LINIERS. A ESCOLHA DO ASSENTO não foi tão ruim depois de tudo, reúne as condições básicas: é no andar de cima, é mais ou menos no meio. Do meu lado, ninguém. O único pequeno problema que identifico imediatamente é isto de que justamente na minha parte da janela vejo o batente, quer dizer, se delimita uma janela com outra, o encontro dos vidros, justo diante do meu nariz. Más notícias, a visão não haverá de ser ótima. Concluo, no entanto, a meu favor, que, em termos de segurança, é uma coisa boa porque é um batente que poderia amortizar o golpe, e, se necessário, é um batente grosso, que – pelo menos – não é vidro. Me reconcilio, então, com essa porção de borracha e chapa entre mim e a paisagem. A saída da cidade sempre é um inferno, demoramos uma hora para ir de Retiro a Liniers. Emilia de Retiro a Liniers, outro filme. Nessa hora, Clemente, nosso comissário de bordo, se ocupa de dar as boas-vindas, nos explica que servirá um jantar quente, cafezinho com opção de uísque para o filme, e café da manhã chegando a Bariloche. Clemente está muito contente com seu trabalho e com o microfone, está muito contente de poder contar para a gente tudo o que conta, e fazê-lo através do microfone. Clemente se move com agilidade entre os assentos e nos proíbe sólido nos banheiros. Repete. Diz e repetimos: nada sólido. Só a palavra já me retorce. O assento é amplo, não tenho companheiro de viagem, o ônibus não vai tão cheio, oferecem vinho para o jantar e uísque para depois, mas tudo o que, a princípio, parece tão prometedor, rapidamente se transforma em um pesadelo. Clemente entende que precisa entreter a paisagem o tempo todo, como se não fosse suficiente olhar pela janela. Quando não fala pelo microfone, caminha entre os assentos entregando, retirando ou oferecendo refil de coisas, pergunta se temos calor, se temos frio, se está bem o ar assim. Eu tento olhar pela janela para que ele não fale comigo, e funciona até que ele convida a todos a fechar as cortinas por causa das pedras. Pedras? Lá fora não há nada mais que planície, nem sequer um rancho de estrada. Agora nem mais paisagem resta. Tento, então, me interessar pelo filme, já bastante começado, o qual um senhor musculoso precisa ser babá de um grupo de meninos loiros que se recusam bravamente. Ele leva mamadeiras em um cinto como se fossem granadas. Não funciona. Não me interessa e não posso dormir. Clemente vai e vem. Chega, Clemente, chega, por favor. Alguns senhores já roncam. Me dou conta, com frustração, de que aquela viagem que havia imaginado e desejado não vai acontecer. Que aquela coisa de ficar olhando pela janela e se deixar ir, e que os pensamentos passem, já não será possível. Estou trancada em um quarto em movimento com cheiro de cachorro molhado e Clemente borboleteando. E estou cansada, mas sem sono.

Desobedeço ao comissário e entreabro um pouco a cortina. Vejo pouco, mas necessito distrair a atenção do babá fisiculturista. Quero poder soltar Buenos Aires para ver o que me acontece lá. Penso na cara de Manuel ao pé da escada do ônibus em Retiro, penso em seus jeans desbotados, em seus tênis, em seus cachos, em como me olhou, no Galak e no Sensação que ele colocou no meu bolso no seu último abraço. Sinto que já sinto sua falta, é o que acontece nessas relações em que os casais passam muito tempo juntos, o outro se torna imprescindível, orgânico, e isso é o que não está tão bem. Me desestabiliza ou pelo menos me desconcerta, que seu corpo – de fato – esteja tão longe do meu. Já perdi o costume, é isso, já perdi. Perdi o costume de ser um. Uma. Agora, no ônibus, começo a perceber uma espécie de abstinência de Manuel. Mas o escolho? O escolheria agora, começando do zero? Poderia decidir não escolhê-lo? O escolhi, escolhi tudo isso em algum momento? Como começou? Já mal me lembro de como começou. Foi o Ramiro, sim. Em alguma festa, claro. Depois de muitas noites em claro, certamente, e de tardes de mate também. De que não me chamasse a atenção de forma alguma, de que não me chamasse a atenção em particular, de estar obcecada por um cara da faculdade e de não poder ver, de não ver mais do que isso no Manolo, o amigo do meu irmão, que isso, que um simples amigo do meu irmão. De saber, de repente, porque me conta meu irmão, muito de má vontade, quase como um sacrifício, de me inteirar de que esse fulano gosta muito de mim, esse cara, que esse dos cachos gosta muito de mim e que pergunta por mim. Me surpreende e me desloca: não percebi que gostava, de jeito nenhum, não me passava pela cabeça, nem minimamente nem nada, nem por um instante tinha visto nele um possível candidato. De ficar bêbada depois de alguma festa e terminar aos beijos com ele, depois de algum show, em Banfield ou em Lanús, de vomitar e que ele me cuide e que queira seguir me beijando mesmo depois do vômito e de voltar de trem até Constitución em alguma manhã de domingo, minha bochecha amassada sobre a gola do seu casaco ou do seu cachecol ou entre a gola e o cachecol. De não ter pensado nisso antes, de dormir com ele e de não nos separarmos mais. Dois anos já, dois anos mais ou menos dessa manhã e nunca me perguntei, nem antes nem depois nem durante, simplesmente foi sendo assim e fui me apegando até me apegar de tudo e não nos separamos mais desde aqueles beijos perto do palco depois daquele show em Lanús. Ou em Banfield. Onde eu gostei que ele cuidasse do vômito, que quisesse seguir me beijando depois e que me desse a mão a caminho da estação de trem, com a bolsa no ombro, a minha, para me ajudar, que me desse a mão já, como se fôssemos namorados, como se apropriando e que eu deixasse levar, de bêbada que estava, de mal que me sentia e porque me sentia bem também, por isso também.

Clemente nos desperta pela manhã, não sem violência, mas fazendo tocar um DVD de músicas latinas. Abro os olhos e, além da Patagônia, vejo Ricardo Montaner de branco em umas varandas gregas, muito brancas, cantando a uma moça, de vestido bufante que se faz de pomposa, em alguma praia. Ricardo canta em barcos, entardeceres e interiores com vasos de barro. Clemente vem e vai, diligente. Está penteado, há uma certa produção aí. Me passa uma bandeja para que eu a coloque sobre as pernas enquanto tento que a marca do batente da janela desapareça na minha bochecha. Tenho a testa úmida e o cabelo amassado. O suor da janela se desfez em água na minha testa. Lá fora, montanha. Em uma hora mais ou menos, estamos em Bariloche. Sonhei algo estranho, não sei muito bem o quê, mas algo me remete. Alguma sensação familiar, algo recuperado de outra data.

Quando desço do ônibus em Bariloche, o vento de Nahuel Huapi me desfaz a franja e o ar gelado me destapa o nariz, cheio de cheiro de gente. Toco o frio com os dentes, abro a boca, o trago: trago um bocado de ar do sul. Estou começando a me sentir bem. Agora, desde aqui, desde essa rodoviária, enquanto espero minha vez para retirar minha mochila, Manuel, sua calça, seus cachos, já se parecem algo longínquo/distante.

4

SEGUNDA. NÃO SEI MUITO BEM COMO AGIR/ESTAR EM sua casa, não sei muito bem o que fazer. Trato de me mover para recuperar certa familiaridade; caminho. Sua gata não me reconhece, me observa de longe e se me aproximo para acariciá-la, me morde. Quando dorme, me dá as costas, me dedica seu desprezo. Suponho que eu o mereço, por tê-la abandonado, por ter deixado de vir tão cruelmente, como se nunca tivesse sido nada, mais que um apêndice seu. Esvazio alguns cinzeiros; sua mãe, claro, me disse para me sentir cômoda, que fizesse o que eu quisesse, que me sentisse em casa. Mas claro, não é minha casa e nem sei com certeza se, em algum momento, foi sua casa. Jorge até me deixa usar o computador, imagine que sensibilizado deve estar que até me deixou a senha do wifi anotada em um papelzinho amarelo, desses que têm cola numa parte e que serve para lembrar de coisas, com o pertinente pedido de decorar a senha e destruir o papel em seguida. Não sei muito bem o que fazer, agradeço a generosidade e o apreço – conhecendo-o muito bem – do enorme gesto, mas por ora, prefiro a caneta e o papel. Tanta carga emocional tem esse computador que me dá medo que aconteça algo. É tão maníaco que vestiu um casaco no monitor, você acredita? Um que diz UCLA, ridículo, deve ter sido de algum de vocês, e que cobre a tela para que a gata não o arranhe. Hoje passei um tempo revendo suas coisas, mas assim, praticamente desmelancolizada, sem tristeza nem umidade nos olhos, estive entre suas coisas, revisando, olhando com as mãos. Me deparei com uma gaveta cheia de papeizinhos e coisinhas que tem aí, dessas que têm todo tipo de ingressos de cinema, convites, cartinhas, coisinhas, milhares de cartinhas minhas, com bobagens, tantas bobagens por escrito, a reconstrução de uma história da estupidez, praticamente, da idiotez, da tolice. E depois cadernos, todos começados e nunca terminados, com só algumas coisas escritas, umas poucas, em uma letra tensa. Eram pensamentos colocados aí freneticamente, isso me pareceu, que foram escritos em momentos de forte emoção, de arrebato, pela letra, porque era a tua, mas modificada, não como a do colégio, não como a das cartas, cheias de tachados, erros e arrependimentos, voltando sobre seus passos, sobre suas palavras. Aqui era tudo de uma vez, sem voltar atrás, como se nem sequer tivesse sido relido, por mais erros que tivesse. Escrevia sensações ou sonhos, não sei, coisas. Mas não era isso, não era o que escrevia o que me surpreendeu, inclusive algumas dessas situações, acho que você me contou, alguns desses sonhos. O estranho é o tom, o como. Isso é o estranho. Você não falava assim. Também não escrevia assim, não quando escrevia a alguém, a mim, por exemplo. São linhas cheias de angústia, de raiva, de ódio quase, muito cruéis, com você, com tudo, mas, sobretudo, com você. Tão severa com você mesma, nossa senhora, quanta severidade. De qualquer modo, foi um descobrimento muito feliz, quero dizer: foi bom descobrir. Te conto que primeiro senti uma estranheza tremenda e uma angústia, de pensar que não te conheci realmente, mas não, isso seria uma idiotice também, porque claro que te conheci, quem melhor que eu. Mas isso mesmo foi o que eu gostei também, que houve coisas suas que nem mesmo eu cheguei a conhecer, isso eu gostei, que não me tivesse dado tudo, mostrado, que tivesse coisas que guardou só pra você. Olha só como você se mostrou ardilosa.

Ontem voltei a sonhar com os de *Six Feet Under*, mas só com Nate, David e Ruth. Ruth me lembra muito a Úrsula e agora se vê que no inconsciente até se juntam, porque no meu sonho Ruth era Ruth, mas também era sua mãe, e os meninos eram algo assim como os seus primos. A coisa é que estávamos em sua chácara e estavam abertos os regadores de terra e eu me molhava, me banhava debaixo de um deles com um vestido estampado de folhas verdes, parecido com aquela roupa que costurou a Fräulen Maria aos Von Trapp com as cortinas velhas. Me banhava debaixo dos regadores e era muito feliz. Nate e David andavam por aí, e Ruth/sua mãe também, mas ela estava dentro da casa, e eu sabia que estava aí e sentia um carinho absurdo por todos. Então alguém, não sei se você, me perguntava se eu gostava de algum deles, e Nate estava noivo, porque no meu sonho também existia Brenda, sua mãe falava dela e dizia que ela já tinha dado para não sei quantos caras e acho que era você que me perguntava se eu não gostava de David. Nós duas sabíamos que ele era gay, mas mesmo assim eu gostava tanto dele que sentia que gostava desse outro jeito também, e de Nate, outro tanto. Que estupidez, os personagens, porque nem sequer eram os atores neste caso, mas os personagens mesmo, que passam a fazer parte de nossa vida. Mas enfim, os Fisher me fazem lembrar da sua família desde a primeira vez que os vi, o que eu posso fazer.

5

DESDE QUE CHEGUEI AQUI, NÃO PARO DE DORMIR. NÃO posso, não consigo parar de dormir. Me dá um pouco de vergonha, por seus pais, não sei o que vão pensar, que estou deprimida, no melhor dos casos, não sei. Talvez não, Úrsula me deixa o prato do café da manhã na mesa, com uma notinha, quando sai para trabalhar. Sua mãe é incrível. E sonho umas coisas estranhíssimas, porque passo dos limites, venço a barreira do sono e chego muito mais além, vou mais além e entro em um estado estranhíssimo. E é sua cama, é sua casa, seu quarto, é muito louco tudo isso, muito louco. Ainda que não pareça muito ao que era antes. Digamos que está tudo neutralizado. Acho que nesse ínterim, sua irmã morou aqui um tempo e agora parece como que de hóspedes, o quarto se tornou itinerante. Sempre me pareceu uma boa que seus pais habilitassem o quarto, que o habitassem, porque dessa maneira nem é seu nem deixou de ser, não sei como explicar, é seu, mas neutralizado, mitigado. E, no entanto, você está, em algumas coisas. Alguns quadrinhos ficaram, os recortes de revistas, um do Antonio Berni ou era do Emilio Pettoruti? Não me lembro, não diz, o que você recortou da revista, segue aí, preso na sua estante com um adesivo. A foto de Bulgo também continua aí, debaixo do papel-contact da escrivaninha, e ao lado ficou um pedaço da cara do Johnny Depp que, dá para ver, tentaram arrancar, mas Johnny se aferrou ao plástico de uma maneira que aqui está, aí segue, jovem e bonito. Tem mais umas coisas. Sobretudo nas gavetas. Mas isso eu já te disse. Não deram suas coisas. Sua mãe ficou com bastante roupa, algumas ela usa, alguma outra eu levei também, em seu momento, o casaco azul de bolinhas, dormi com ele até pouco tempo atrás, já está meio asqueroso, mas ainda não pude me desfazer dele, mesmo que já não signifique mais, o casaco, quero dizer. É estranho ver suas roupas, muito suas, reencontrá-las aqui, praticamente intactas, e que sigam sendo.

Falei com Ramiro e parece que o rato ainda não se foi, mas ele já tomou uma série de providências para isso. Comprou uma armadilha para ratos (argh, inquisição) e colou um pedaço de queijo; que o rato ainda não mordeu, mas que agora toda a cozinha cheira a queijo. Em contrapartida, também colocou veneno para que ele coma, e misturou com sementes de sabe-se lá o quê, mas que disseram que o envenenamento leva dias, porque vai comendo pedacinhos tão pequenos que demora para morrer. Um espanto. Meu humilde lar se transformou rapidamente em uma espécie de lugar de horror com morte institucionalizada e tudo, não sei, me dá nojo só de pensar. O Rami, pelo contrário, se nota que está muito empolgado. Me parece que se reencontrou com sua antiga vocação de caça-baratas, essa coisa tão masculina/viril de sede de sangue.

Hoje vou dar uma volta por aí, a ver se topo com alguém, de casualidade, digo, igual, espero que não me reconheçam, não tenho muita vontade de ir tocar campainhas, tem pouca gente por aqui que tenho vontade de ver. Depois me encontro com seus pais para jantar. Julián, por exemplo, Julián é alguém, um dos que (o que mais) quero e não quero ver. Desde que cheguei aqui, desde que comecei a me aproximar do vale, no ônibus já, nem mal acordei e comecei a ver montanhas e me veio uma sensação tão poderosa de Julián, como se eu, simplesmente, tivesse estado anestesiada, como posta no congelador, ou no sal, a sensação, todo esse tempo; acordei e meu nariz adormecido ainda empapado pelo vidro, gelado, minha cara estava fria e amassada, limpei o vapor do vidro com a manga da minha jaqueta, vi os primeiros raios da manhã entre os pinheiros, os raios ainda nem batiam na estrada, e senti, que horror, a memória no corpo, na visão, tudo, uma memória sensitiva, de sentidos, alocada aí, a memória, e ela ri dos planos, das decisões.

E agora me lembro, nesses sonhos estranhos de ontem à noite, também apareceu Julián. Não sei muito bem o que era, mas fiquei com a sensação dele. Agora não entendo muito bem se isso significa que tenho vontade de encontrá-lo ou pelo contrário. Percebo que saber, como saber, quero saber dele, mas qualquer coisa que faça, qualquer movimento, poderia ser mal interpretado. Tenho medo de ligar pra ele e que me atenda a mulher, não sei se tem, nem sei, ao menos, se ainda está na Espanha ou se voltou e se voltou, não sei se veio para cá ou se ficou em Buenos Aires, não acredito, isso duvido muito, mas não sei, não tenho ideia. Não quero perguntar a sua mãe, não sei muito bem por que, me dá um pouco de vergonha que pense que ainda estou enganchada ou algo assim, não sei. Talvez nem sequer seja isso, talvez simplesmente haja certas respostas que não tenho vontade de escutar, eu sei lá. Odeio que as coisas sejam assim, tão escabrosas, os ex-namorados. O estranho é, de um dia para o outro, já não saber nada de uma pessoa com a qual compartilhava tudo e que a conhecia intimamente, compartilhar tudo, de cada dia, o que acontece todo dia e depois, de repente, de um momento para outro, já nunca mais nada e nem sequer ter direito a ligar para ele ou sim, de ligar tudo bem, mas tudo se torna incômodo, até o mais básico se torna incômodo. Deixar de ter direito ao outro, perdê-lo por completo, tão assim, como se fosse uma coisa. Odeio isso, essa morte artificial, esse ensaio de uma morte: fingir que essa pessoa desaparece, desapareceu, se foi da sua vida e você já não tem direito de saber mais nada dele. Dela. Da pessoa. É absurdo, violento. Se segue vivo, vivendo, se está próximo ou não, você quer saber como está, em que anda, não sei, alguma coisa. Ou não? Não seria isso lógico? Vou ver, no melhor dos casos, passo por sua casa à tarde, pela casa de seus pais, para ver, para ver se toco a campainha, para ver se descubro algo.

6

VOCÊ VIU QUE OS GATOS SEMPRE SE COLOCAM NOS LU-
gares mais lindos? Justo nos lugares onde você se colocaria
se tivesse o tamanho de um gato. Neste momento, sua gata
está acomodada dentro do tanque da lavanderia. Bate sol e
ela se acomodou sobre uma manta/cobertinha que sua mãe
colocou ali para lavar. Ou seja, que, além de tudo, tem cheiro
de gente. Não poderia ser melhor. Quem era que dizia isso,
de que o homem na cidade é um mamífero vivendo como
um inseto? Não sei. O fato é que aqui o sopor te toma, irremediavelmente, e entro a competir em horas-sono com sua
gata. Durmo, muito, como se a vigília não tivesse nenhum
efeito sobre mim.

Ontem, finalmente, fui dar uma volta por aí, pelo bairro e
um pouco mais também. Em um primeiro momento tentei
evadir todos os focos conflitantes: meu caminhar ia deter-
minado por todos os lugares pelos quais preferia não passar.
Andei pelo centro, passei pelo boulevard, dei a volta na rodoviária, subi, passei da linha de asfalto para as ruas de terra
sem quase perceber porque começa assim, o asfalto se mete
por debaixo da terra e das pedras e, do nada, o andar, o pisar,
faz barulho e levanta pó. Subi um pouco na direção da lagoa,
mas o sol estava queimando terrível e comecei a suar, mas não
queria tirar o casaco que tinha posto, porque o ar estava frio e
minha camiseta já estava úmida, então comecei a voltar, voltei
para baixo e agarrei a paralela à estrada, em direção a Trevelin,
queria ver um pouco de campo. Está tudo tão igual... Se não

fosse pelos tênis que estou calçando e que tenho certeza que os comprei este ano, duvidaria da minha idade, duvidaria de meu momento histórico, do ponto da linha da vida na qual me encontro, duvidaria da linha. Mas já não há dúvidas, não deveria haver, esses tênis são novos, seus emborrachados, são vermelhos, eu mesma escolhi, faz até pouco tempo, Manuel me acompanhou, perdi três horas decidindo, inclusive, o vendedor e ele fizeram um complô contra mim, faziam graça da minha indecisão, e para mim começou outro jogo: eu queria esses, sabia que queria os vermelhos, mas eram caros e me dava pena, mas, ao mesmo tempo, não fazia sentido gastar o dinheiro em outros porque eram esses, e depois briguei com Manuel por ter se colocado do lado do vendedor que era um idiota e ele não, que não tinha sido tanto, que eu estava sensível demais. Eram esses meus tênis, os da discórdia, ou seja, que esta sou eu habitando os anos dois mil e tantos, não sobram dúvidas quanto a isso. Mas lá fora está tudo tão calafriamente parecido a si mesmo. Que frio faz aqui, dessa sensação já tinha me esquecido, já tenho os lábios partidos, as comissuras rachadas, mal posso abrir a boca, que frio seco, que frio. Sento perto da estrada um tempo, entre uns pastos, em uma sombra, mas com as pernas ao sol e, sem nenhuma dúvida, se eu tivesse um cigarro, o fumaria. Busco em meus bolsos na procura de uma bala, mas não tem nada, nada comestível. Engulo saliva e sinto falta de um sabor doce e do cigarro também, por omissão. Aqui o ar cheira a seco, a grama, a pasto, a montanha e a feno, cheira a sul, um odor que apenas se deixa perceber de tão seco que é, tão seco que quase impede a constituição, a possibilidade de algum cheiro, de um aroma. Esta ausência de umidade, esta sucção, este frio, de verdade, poderiam levar qualquer um à loucura, induzir. A umidade, o úmido, faz com que as coisas funcionem, se condensem, estabeleçam contato. Com uma longa exposição a estes frios e a este seco, a estes frios secos, as conexões, cedo ou tarde, deixam de funcionar e então queria ver como vão as centrais nervosas, com os nervos, ressecados, com este deserto detrás da testa.

Me deparo comigo na quadra da casa de Julián. A casa familiar. Tudo está exatamente igual: a rua de terra, as mesmas casas, tudo igual. Acrescentaram uma ou outra grade, mas se não por isso, tudo é igual, até os mesmos cachorros, e me agarra/me entra uma angústia... Não sei se boa ou ruim, vontade de chorar, certeza, mas não podia dizer se é de alívio ou de tristeza, de tristeza ruim que teria que evitar e deixar atrás, ou de tristeza boa, não sei qual das duas. Mas definitivamente estava contente de estar aí, estranha, como uma sensação própria na barriga, como de propriedade, de reconhecer algo, de pertencimento. Algo assim. Estava nisso quando vejo que se abre uma grade, eu estou na altura da esquina e automaticamente me escondo detrás do espinheiro branco da calçada. Não pensei, caso contrário não teria me colocado nessa situação em que me vejo, ridícula, mas o susto me leva diretamente à estupidez, a agir como idiota. Então, já que estou aí e tudo me inculpa, faço valer a honra da situação à la Benny Hill: bisbilhoto. Mas o que vejo é bastante menos engraçado que Benny e uma loira perdendo roupas detrás de um arbusto. Vejo Suzi sair de casa com um menino nos braços. Nossa senhora. Eu sabia, eu sabia, é de Julián, é de Julián, eu sei, eu sei, não preciso que ninguém me diga. Que horror, que espanto, e eu escondida atrás do mato, que patético, a história da minha vida: as pessoas formam famílias enquanto eu me oculto detrás de um arbusto. E pior, espio. Quero sair correndo, mas provavelmente chamaria muito mais atenção, então não faço. Suzi acomoda o neto em um carrinho, o cobre e finalmente caminha para o outro lado. Permaneço mais uns instantes no meu esconderijo, mais por perplexidade do que por qualquer outra coisa, volto a observar a casa, já não se vê nenhum movimento e, por um momento, fico na dúvida se toco a campainha ou não. Enfrentar tudo de uma vez? Dizer olá, tudo bem, quero conhecer a sua nova família? Olá, tudo bem, então quer dizer que agora você é pai? Mas não, não poderia suportar, não gostaria disso. Então corro, parto, deixo para trás o espinheiro e vou embora.

7

PENSAR NA EDUCAÇÃO COMO ALGO CONSTITUTIVO. Horas e dias e anos em instituições; longas e muitas horas por dia e quase não muito mais que isso. A educação. A inibição. E de como funcionam. Juntas. Uma a raiz da outra. Ter medo dela, temer. E, ao mesmo tempo, querer roubar o namorado de sua amiga. Querer roubá-lo como um fruto, de que árvore? No pátio de que escola? Dessas árvores cujo fruto é como um algodão que nasce dentro de uma casquinha, dupla, fechada sobre si mesma. Da paineira? É o fruto da paineira? Ou de qual? É o fruto da flor rosa da paineira verde e de espinhos? De alguma dessas escolas de piso de cimento puro no pátio, tão apto para os joelhos. E o medo, então. O medo da professora, sobretudo, da autoridade dela. Medo de... que te expulsem? De que te apontem o dedo? De que te deixem de lado? Que te identifiquem? Talvez, sobretudo, de que te apontem. Um passado de insolência, um primeiro devir insolente. Faço o que eu quero, faço o que eu quero, faço o que eu quero. Uma primeira insolência ou desafio à autoridade ou falta de reconhecimento de hierarquias, golpeados. Pela força, a da palavra, a da ordem. Ameaçam. Com o quê? Através de quê? Se dizem: isso que você está fazendo não está bem. Não só isso, na verdade, isso está mal. Quando, vai saber o que é – para alguém – o mal.

Como nesse artigo sobre os grandes assassinos em série, assassinos com intenção de matar, com avareza. Um desses exemplos é Ted Bundy, muito sorridente ele, muito bronzeado e comprador, outro, o casalzinho que matava meninos na Inglaterra… Como se chamavam? O caso é que, no artigo, alguns especialistas defendiam que há um certo grau de maldade que não se deixa atribuir a nenhum quadro psicológico, mas sim de outra ordem, inclassificável: maldade. Maldade no estado puro. Se alarmavam, então, os psicólogos: que nem sequer queriam entrar no nível moral ou psicológico, que era improducente. Falavam sobre psicopatas, alguns podiam chegar a matar, outros não, e alguns dos assassinos em série nem sequer são psicopatas. E havia como uma espécie de escala que desenvolveram, que ia de um a vinte e dois em ordem de gravidade, para qualificar o grau de enfurecimento do assassino com suas vítimas. Depois me perguntei em que lugar se coloca, onde e como a psicologia localiza a morte, a morte própria, a de si mesmo. Aquela de si mesmo. Que lugar isso ocupa na cabeça, na mente. Um morrendo para si mesmo, morrendo-se. O reflexo da própria morte, o ato reflexivo de morrer, morrer como reflexo. Morrer, morrer-se, é – então – reflexivo. Isso já é algo.

8

E SIM. O ABC DE MINHA PSICOLOGIA, MEU ALFABETO. Ontem vi a mãe do Julián com um menino, com um bebê, e hoje acordo entristecida por ele, por causa dele, de sonhar com ele, longa e exaustivamente. Que o via, que falava com ele, que me seguia passando a mesma coisa dolorosa de sempre de não poder, de não querer deixá-lo ir, e ao mesmo tempo, não querer retê-lo. Ou não poder. Não sei. Nem contigo nem sem ti, esse é o princípio, nem contigo nem sem ti. Como Fanny, como Depardieu. Esse buraco no estômago, no coração, esse vazio onde nada nunca, nada do que se possa fazer é ou será suficiente. Nunca. Essa sensação de míngua, de ausência. Isso sentia, esse buraco sentia no meu sonho, quando tinha Julián cara a cara, e ao mesmo tempo estava feliz, bom, um tipo de felicidade bastante particular, tanto por ele, vê-lo aí, tê-lo de frente e saber que ainda não explodi me desfazendo por aí. Essa sensação também: a do coração na garganta por saber se, de fato, estará bem ou como está. No meu sonho, então, conversávamos e ele me contava que tinha filhos, mulher ou não sei se me dizia, mas a sensação era a que estava comprometido e que tinha algo que já não era possível para nós, isso, a impossibilidade e, no entanto, o inegável disso que se sustenta, disso que sim, que passa, a química, esse fluxo, essa necessidade. Penso que poderia comê-lo nesses momentos, literalmente engoli-lo, para que permaneça sempre dentro. Ou que ele poderia me matar, também penso isso, penso que poderia acontecer e é quase como se eu desejasse, como se estivesse esperando, que me mate. Se fecho meus olhos, apoio a cabeça sobre meus braços na mesa, e ele acaricia meu cabelo, penso, sinto, que, nesse momento, ele poderia abrir minha cabeça num golpe, me dar uma paulada, direto na cabeça e me matar, mas não abro os olhos, só fico aí, de olhos fechados, sem medo, resignada, entregue a isso, entregue a ele, ao seu punho. Pulsão de morte, isso me dá, isso me deu sempre; pulsão de morte. Algo assim como um ponto médio entre querer evitar e necessitar ir. Saber, escutar, que convém/ convinha ir embora e, no entanto, não poder realmente, não poder evitá-lo, e ir, ir, ir, como se atraída magneticamente, como imantada por alguma coisa. Talvez o bebê não seja dele, talvez Suzi estivesse cuidando de algum fedelho, não tem por que ser seu neto. Ontem não me atrevi a perguntar nada para seus pais no jantar, fiquei tão em choque com o tema do bebê que não quis falar sobre isso, tenho certeza de que é seu, que é dele e necessito me acostumar com a ideia antes que me confirmem, necessito poder suportar a confirmação com indiferença, quando for a hora. Agora mesmo sou um desastre, não sei por que me angustia tanto, se era uma das possibilidades. Quero dizer: já não é, não estava sendo, parte da minha vida, mesmo que tenha sido, e é livre de fazer o que quiser e eu sempre quis que ele estivesse bem, que fosse feliz, não sei se feliz, talvez isso seja pedir muito, mas que pelo menos se aproximasse de uma certa estabilidade, emocional pelo menos. Mas agora que infiro que realmente tem, me dá raiva, ou dor, não poder ter dado essa estabilidade eu mesma, pior, que outra pessoa tenha podido dar. A princípio, não posso tolerar a ideia de que tenha tido filhos com outra pessoa, outra menina, outra mulher. A ideia de que existem pequenos-ele no mundo e que não tenham nada a ver comigo me dói, não sei por que, não sei por que tanto, se nota que eu nunca teria imaginado e sempre supus que ele andaria perdido por aí, tentando recompor sua vida e agora me encontro com o fato de que não perdeu tempo, não perdeu nem um minuto e, claro, tanto tempo não iria vagar sozinho, com tanto charme que tem, isso preciso admitir. É carismático o filho da puta. Ali me olha, com os olhos bem abertos, com esse gesto de gato que está entre a surpresa absoluta, o sobressalto de estar vendo a cara de um morto. Acho uma graça quando ela me olha assim: e lhe prendo o olhar, tento reproduzir sua cara de perplexidade e nos olhamos por um tempo assim. Me pergunto se gostaria de me transmitir alguma coisa que não termino de entender ou se vê alguma coisa no meu rosto que eu não sei. Que triste, tudo o que me remete a Julián me deixa muito triste. Sempre me deixou muito mal. O mesmo que me atrai é o que me deprime, esse é o dilema. O que eu gosto me deprime, ou me deprime o que eu gosto, não sei muito bem, não sei em que ordem.

Bom, o jantar com seus pais foi muito bom, mesmo que eu tenha ficado com a sensação de ter feito malabares quase o tempo todo, para evitar ou não tocar vários assuntos. Basicamente me perguntaram por como era minha vida em Buenos Aires, se eu gostava, se tinha me adaptado, a quem eu encontrava, que poucos tinham aguentado ficar lá, que a maioria tinha voltado (perigo: Julián), que se eu estava contente com meu trabalho, com o qual fiz um pequeno recorte e contei só as coisas boas, filtrando meus medos, filtrando para eles meus medos, valorizei os horários flexíveis e que eu controlava o tempo, que isso sim era realmente bom, e depois me perguntaram da faculdade, não, acho que foi o primeiro que me perguntaram e, aí sim, apliquei um filtro enorme, enorme, me escapei de todas as verdades, falei de todos os benefícios da aprendizagem institucionalizada, recorrendo mais ao que lembrava das minhas expectativas de quando comecei a estudar do que aquilo que, de fato, tinha encontrado. Que sim, eu gosto, que sim, ainda falta muito para terminar, que não, que não tenho uma escrivaninha, mas tenho uma mesa grande, que quando é imprescindível trabalho na casa de um colega, sim, que conheci um pessoal gente boa e que tem de tudo né, sim, a maioria portenhos de Buenos Aires mesmo, mas muitos de outras cidades também, que tem muita gente em geral, ou seja, que tem de tudo um pouco, quer dizer, não de tudo, porque é uma faculdade cara, que os materiais são bem caros, que sim, caríssimos, e que meu pai continua mandando uma mesada para o material de estudo, mas que de toda forma eu tenho uma bolsa para ajudar e que o aluguel ele também paga, que isso já é um grande alívio, porque se tivéssemos que pagar, não poderíamos estudar, isso certeza. Que sim, que Ramiro segue estudando também, mas ele vai muito mais tranquilo, que está superempolgado com a música, que conheceu uns moleques na faculdade, ah, conheceu um e através dele a outros, seu grupo de amigos, a maioria portenhos, ou da grande metrópole, e que são todos músicos, mais que qualquer outra coisa tocam rock, sim, tem uma banda. Sim, tocam bem, Rami está roqueando e passa o dia inteiro tocando; agora comprou um teclado usado de um dos meninos, então está com as duas coisas, com a guitarra e o teclado e que tinha começado a compor. Não, não me incomoda de jeito maneira, pelo contrário, eu gosto deles de verdade, gosto do som que fazem e que sempre tem alguma música na casa e gente, principalmente isso, sempre tem gente circulando. Não, não me fode nem na hora de estudar, que ou fecho a porta ou vou para a casa de algum colega ou a um bar, mas em geral não me fode, pelo contrário, me ajuda a me concentrar, eu diria que me distrai. Que, na verdade, meu namorado é o baterista da banda, então muito não pode me incomodar ter a banda em casa. Ah sim, sim, é o mesmo, Manuel, sim, que estou feliz, sim, faz mais ou menos um tempo que ficou séria a coisa, é dois anos mais velho que o Ramiro. Não, isso fazem, têm a banda, eles tocam bastante, o que acontece é que Rami entrou na banda faz pouco tempo, porque brigaram com o ex-guitarrista, que também era o vocalista e então entrou Rami e um outro cara, que faz a voz. E canta superbem, aumentou o nível da banda, na verdade, porque esse menino tem uma voz incrível, muito intimista e, além disso, coloca muita pilha para a banda ir pra frente, ao grupo sim, humanamente também, que isso é bastante importante. Reduzido, a banda se chama assim: Reduzido. Sim, tocam bastante, no sul, sobretudo, na zona sul da capital, mas na zona metropolitana também, na grande Buenos Aires, aí tocam bastante, têm já várias datas agendadas. Sim, em geral, tocam com outras bandas, ainda não tocaram sozinhos, mas também não lhes convêm, é difícil que eles levem tanta gente para bancar sozinho um lugar e o transporte dos equipamentos, um deles tem uma Kombi e carregam tudo aí, mas de qualquer forma, a ideia é fazer um dinheiro, ainda que seja para manutenção de tudo. E algum dinheiro reserva. Sim, que estou feliz, que estou bem com Manuel, sim, que é muito tranquilo, sim, eu gosto muito dele (perigo: Julián), sim, que ele também gosta muito de mim, nos queremos muito. Não, sim, que, além disso, trabalha numa loja de instrumentos, na Rua Talcahuano, sim, ali bem no centro-centro, que tem muitas lojas por ali, que se entedia um pouco, mas que não está mal, depois de tudo. E trabalha com carteira assinada. Mas é uma ideia provisória: ele quer dar aulas de música em colégio, gosta de estar com crianças e adolescentes. Bom, então não me posso queixar, que estou bastante bem, disse sua mãe, não, claro, eu não reclamo de nada, Tim-Tim, então, Tim-Tim.

Voltamos caminhando, porque tínhamos ido ali na Avenida Rivadavia, que, a propósito, ainda quem atende é o velho Nicolas que me dizia menina como você está mudada, enquanto olhava fixo para os meus peitos, uma situação bastante incômoda, então depois voltamos andando e fazia um vento tremendo que nem sei dizer e sua mãe enganchou o braço dela no meu, e Jorge a abraçava, e assim voltamos, todos bêbados, quase uma família.

E ainda não sei se estou feliz ou triste, não consigo saber. Mas que estou aqui, estou aqui: isso certeza.

9

ALÍ E EU DESENVOLVEMOS UMA MECÂNICA PARECIDA. É estranho. Quando eu acordo é o primeiro que vejo, e em geral ela ainda dorme. Dorme até que sente que eu me mexo e aí entreabre um pouco os olhos, em geral não dá pra fazer muito mais que isso, me mede uns instantes, vê que tudo está em seu lugar, que meu acordar, esse, não se diferencia muito de todos os outros, os outros acordares, e quando não boceja ou se espreguiça ou se reacomoda um pouco, é porque ficará nessa mesma posição. Então eu também me espreguiço, ou melhor, me retorço, na cama ainda, dou umas voltas e a observo, tão pacífica. Me pergunto quem vela o sono de quem.

Hoje Vanina veio me ver, muito esquisito. Não que tenha vindo, parece que descobriu que eu estava por aqui e perguntou para sua mãe e ela não pôde mentir, não tinha também por que mentir. Então ela veio tomar uns mates comigo. Não foi ruim, considerando tudo, uma vez vencida a fobia inicial. A princípio, eu estava completamente inibida, não sei, ela estava contente, simples e sinceramente contente de me ver. Claro, as coisas não são tão complicadas, na verdade. Ao menos para alguns. Eu a vi bastante bem também. Não sei por que digo também, não sei se eu estou, não sei se estou bem, teria que ver o que opina ela, de como me viu. Por enquanto, prefiro nem saber. Bom, a coisa é que ela segue aí, aqui, mas está contente, contente com a escolha de ficar, de não estudar, de não ir estudar em outro lugar, como fizemos quase todos. Disse que, a princípio, não foi fácil. Além do mais, nesse momento saía com Mário, e Mário estava para se mudar a Mar Del Plata, e ela quase foi, pensava em se mudar com ele, mas ao final não, ao final decidiu ficar, porque sendo absolutamente sincera consigo mesma, assim me disse, ela não encontrava nem uma única boa razão para ir, que ela sempre adorou estar em Esquel, que Esquel sempre foi boa com ela. Que faz uns dois ou três anos começou a estar realmente bem outra vez, que no começo se deprimia, porque ficou um pouco sozinha, sentiu que acabou ficando sozinha e trabalhava, mas estava meio deprimida, de garçonete trabalhava. Mas depois se enganchou com o dono do bar, um novo, um que abriu na Avenida Rivadavia, com fachada e paredes laranja, meio escuro, com sinuca, bom, que se enganchou com Omar. Que eram amantes no começo, porque Omar era casado, mas depois parece que se apaixonaram e então Omar deixou a mulher e foram morar juntos e que ela ficou meio assim de morar com ele trabalhando pra ele. Que, a princípio, o circo se armou um pouco com o povo, mas nem tanto porque ninguém gostava muito da ex-mulher, e ela voltou pra Porto Madryn, porque era de lá, mas muita gente a conhecia e tinha dado seu apoio, mas enfim, ela também não se preocupava muito com isso, porque sabia que com o tempo toda a fofoca ia passar, e eles iriam ficar tranquilos. E dito e feito, agora estão superbem e contentes com o bar, que está funcionando bastante bem, que no fim de semana, inclusive, vem gente de outras cidades, que enche bem, que compraram um carro e um terreno, pequeno, fora da cidade, e que a ideia é começar a construir aí aos poucos. Que filhos não, ao menos por enquanto não, que faz pouco tempo que estão sozinhos e tranquilos, depois do escândalo do divórcio e que eles queriam estar mais um tempo assim, mas que sim, ela se imaginava formando uma família com ele, que via como ele podia ser o pai de seus filhos, e que, de fato, ah sim, se eu sabia o que aconteceu com Julián. Eu, cara de paisagem. Não, que não sabia, o que era que tinha acontecido. Ela: pequeno brilho nos olhos, brilho de ser quem iria me dar a truculenta notícia. Ah, não, é que Julián tem filhos já, dois, ah, tem um e está esperando outro. Meu sangue gelou na mesma hora em que me deu um reconhecível/previsível nó no estômago. Finjo controle. Que estranho, não? Julián pai? Quem poderia imaginar?, me comenta Vanina. Eu, mais mentirosa do que nunca, que por quê, que não me parecia tão estranho, que ele deve ser bom pai, que não vejo por que, e ela que, sem saber, crava uma adaga mais e mais profunda e lentamente, ah, sim, que, de fato, a surpresa era essa, que era incrível ver o Julián com o filho, que o levava para cima e para baixo, que andava com ele sempre que podia, que era lindo de ver. Sinto que quero morrer, ou, ao menos, matar o mensageiro. E ainda faltava a cereja do bolo e sei que Vanina não vai me contar, não vai dizer com quem simplesmente, que vai esperar que eu pergunte, que vai deixar eu querer saber, vai deixar eu demonstrar que quero, que preciso saber, para não me ferir também sem necessidade, como se o dano já não estivesse feito. Ainda que, pela informação que eu dei, do meu namorado em Buenos Aires, mais o tempo que passou, somada a minha performance, talvez realmente nem possa pensar que tudo isso me dói. Não parece, talvez não tenha ideia. Supõe, eu acho, que eu amo minha vida de mulher independente na capital, vida que não mudaria de jeito nenhum, e acho que é o que tento e desejo transmitir desde que ela chegou, ou que a fiz acreditar. E qualquer um, até eu mesma em um bom dia, diria que é assim, que não mudaria minha simples e simpática vida em Buenos Aires por nada nesse mundo. Só que agora já não tenho tanta certeza disso. E se, de repente, todas minhas escolhas foram erradas e eu tivesse que ter ficado com Julián? Então/nesse caso, esses filhos, esses bebês, seriam meus agora.

Que horror. Filhos com outra. Está, então, eternamente ligado a outra pessoa. O que nos leva novamente a... Com quem se casou? Ah, não, que não se casou, ah, que agora sim, que agora sim que tinha se casado, mas só depois do nascimento do filho, do Leon. Leon parece que se chama, que nome bonito, que nome discreto. Muito a la Julián, ele que deve ter escolhido. Ligado a outra pessoa, a outra mulher para sempre, que espanto, que horror. Não, que a menina é uma menina mais nova, uma pirralha de Trevelin, de família de galeses, que estavam saindo não fazia muito tempo e a menina tinha dezoito, tinha dezoito anos quando engravidou e que decidiram ter a criança. Ela queria, ela tinha acabado de sair do colégio. Mariela, Mariela se chama. Agora tem vinte e um. E que bom, que nasceu Leon e quando tinha seis meses, mais ou menos, se casaram. Que não, que ela não foi ao casamento, que convidaram pouca gente porque não tinham um centavo, e porque a família dela não estava muito feliz com o casamento, com Julián e com quem quer que fosse que tivesse engravidado a filha antes de se casar. Então foi tudo muito burocrático e só. Que ela se casou com o neném nos braços. Ah, dor, dor da mais profunda. E ele ficou com ela? De repente foi capaz de tanto amor? E, é seu filho, a isso, evidentemente, não tem o que fazer, é seu filho. Bom, então era assim que estavam, ele a trouxe para cá, para viver na casa dos pais dele, e ela, por enquanto, não trabalha, e que Suzi a ajuda com o Leon e a gravidez, e que Julián trabalha com o pai dele, principalmente com a caminhonete, com as encomendas, que viaja bastante. Bom, viaja. Pode estar querendo dizer que nem tudo é idílico depois de tudo, quer dizer, que passa muito tempo longe da família, isso me deixa melhor, isso me alivia, que horror, deveria me deixar com pena, mas não, mas sinto como se estivesse desfazendo a história da minha vida. E Manuel? Como é que pode se dissolver tão rápido da minha cabeça, do meu presente, dos meus desejos, disso principalmente? Em dois anos nunca pensei, nem uma só vez, em ter filhos com ele, e eu colocava como se fosse uma postura, uma escolha de vida. E agora chego aqui, e depois de poucos dias já sinto que daria tudo para ser a mãe desses filhos, a mulher da vida de Julián, sua mulher, a única. Curioso como funciona o desejo. Ou a estupidez, no caso. Que sim, que é gente boa a Mariela, a mulher, ah, que não a conhece muito bem, mas parece que sim, que de fato a menina não fala muito, que é tímida, ou sei lá o quê, parece que vem de uma família muito rígida, de pai severo ou algo assim, e que não está muito acostumada a falar. Que sai muito pouco, que está sempre com o bebê e que, além disso, tem gravidezes complicadas, que a obrigam a estar na cama o tempo todo, que por causa disso também não andou muito por aí, porque entre os meses da gravidez e o pós-parto esteve quase todo o tempo prostrada, desde que veio pra cá, praticamente passou o tempo inteiro na cama, e que ela não a conhecia de antes, então que muito sobre ela não sabe. Sim, parece que não é muito saudável, parece que quando você olha pra ela, dá uma certa impressão porque mesmo que tenha vinte e um, ainda parece uma menina, a irmã mais velha do Leon, causa uma estranheza vê-la grávida, raquítica e com barriga, me pergunto como pode ser que Vanina a viu nesse estado se ela não sai da cama, mas não importa, talvez imaginá-la seja suficiente, raquítica e barriguda, como para se impressionar com a imagem, até eu tenho, já posso imaginá-la barriguda e com cara de menina, de sardas e loirinha, a imagino como Sarah Polley aos treze. Menos saudável. Tadinha. Sinto que já sinto carinho e me vem uma estranha sensação, como se quisesse, por um lado, dar a mão para ela e lhe contar coisas ou ler para ela enquanto ela se guarda e, por outro lado, afogá-la com um travesseiro, ou lhe dar muitos e muitos calmantes e remédios para dormir, para que devolva o mundo para mim, para que ele seja restituído, ele e tudo o que tem a ver com ele. Então quer dizer que o encontro com Vanina, o encontro por si mesmo, não esteve tão mal, mas porque foi redesenhado, ficou em segundo plano detrás de todas as imagens que foram criadas, que foram criadas na sala da casa de seus pais, sua casa. Nos abraçamos, prometi que ia passar no bar uma noite dessas, e ela foi embora. Fechei a porta, fui ao banheiro porque não sabia o que fazer, tirei a roupa, toda, e me meti embaixo do chuveiro, como uma autômata, como idiota, como anestesiada, não sei muito bem. Acho que não chorei, não pude chorar, não podia. Estive um tempo assim, debaixo do chuveiro bem quente. Ali também estava aí, tranquila, acomodada em cima das roupas no piso. Olhei pra ela. E ela me respondeu com os olhos bem abertos. Então, vomitei.

10

ONTEM, NESTA CASA, FIZEMOS UM CHURRASCO. QUEM não queria estar aqui? As cinzas da churrasqueira formaram uma espiral de cinzas sobre o piso, ao redor da coisa da chapa que agora, sem fogo, se vê ridícula, sem função. As cinzas continuam aí, não se espalharam, estão no mesmo lugar onde foram consumidas. Sua gata se retorce e fica se lambendo deitada no piso. Me prende a atenção. Vou até ela, encho-a de beijos. Está trocando o pelo, me enche a boca de pelos. Tricolores. De gato. Agora se limpa, lambe os dedos, as garras, as garrinhas, o focinho.

Domingo, finalmente, será o dia da cerimônia. Ontem veio sua irmã e foi ela quem me lembrou. Eu estava bem distraída, não podia conectar bem as coisas, mas, mesmo assim, dei minha opinião. Porque não chegavam a um acordo de jeito nenhum. Seus pais, principalmente sua mãe, tinha a ideia de simplesmente pôr suas cinzas na terra perto do álamo do fundo do quintal, que para quê fazer tanto barulho por isso, melhor na casa onde viveu sempre. Seu pai não falava quase nada, acho que por ele podia ser, ou pelo menos, não pensava em nada melhor. Sua irmã já tinha dito que, para ela, tudo isso já era demais, que, para ela, remover a coisa toda, que já tinha dito, que já sabiam, que então qualquer coisa que decidissem podia ser. Que lhe dissessem onde e a que hora estar no domingo e pronto. Que tinha vindo comer um churrasco e estar com seus pais e dar um oi para mim, claro, também.

E nada mais. Eu, vai saber por que, resolvi ser eloquente. Me surpreendi que não tivessem isso decidido ainda ou, pelo menos, que não tivessem mais imaginação na hora de pensar na cerimônia. Principalmente considerando que foram eles que a propuseram. Disse que eu gostava da ideia de espalhar suas cinzas desde a ponte do rio, que poderia soar brega, e que já sei que não era um lugar que tivesse tanto a ver com você, principalmente se o comparo à sua casa. Mas que eu sei lá, eu disse que sabia que você gostava de estar lá, no rio, e que, depois de tudo, a ideia de que suas cinzas caíssem livres e se espalhassem pelo vale, que voassem, isso era o que parecia bom; que colocá-las no fundo da sua casa era como enterrá-las e que parecia ser boa a ideia da cerimônia, o conceito da cerimônia estar ligado à ideia de liberdade. Disse, também, já totalmente descontrolada, que me lembrava de um filme que eu tinha visto, que nada a ver, mas que me lembrava disso, ou que, por alguma razão, o associava com a imagem. Um filme que, no final, na última cena, a menina se jogava de uma espécie de ponte também, entre as montanhas da Mongólia ou não sei de onde, chinês eu acho que era o filme, chinesa a menina, e ela se suicidava, mas não era um suicídio ou pelo menos não era triste, porque ela voava, ficava suspensa entre as nuvens que havia, flutuava no ar, era triste, poético, singelo. Não disse tudo isso, mas sim do filme, o da menina também e algo sobre a liberdade, mas preferi omitir isso do suicídio e da poesia. Sua irmã, com a boca cheia, disse que, por ela, podia ser, mas que fosse ao meio-dia, porque é a única hora que não se morre de frio lá, a única hora que bate sol. Ela é o que chamamos de prática. Sua mãe se emocionou um pouco com tudo, acho que dava uma certa tristeza pensar em se desapegar – também – das cinzas. Ao seu pai lhe pareceu uma linda ideia. Por fim, então, Úrsula também concordou.

II

HOJE SONHEI QUE ÍAMOS A UMA VIAGEM DE FORMATU-
ra e que na minha bolsa, no bolso externo da minha mochila,
tinha dois ratos: um era de verdade e outro de mentira. Eu
os deixava aí. Acho que foi porque ontem falei com Ramiro.
Parece que o rato ainda não foi embora e o gato de Mauro
não quer caçá-lo de jeito nenhum. Ah, que nem sequer chega perto da cozinha. Me faz rir, o gato covarde. Um gato
absolutamente domesticado e alimentado ao que – de repente – demandamos uma agudeza de instinto da qual já não
é capaz. Pelo contrário, parece que está muito à vontade em
casa, que passa o dia dormindo, que ele gosta principalmente
do piso do meu quarto, o degrauzinho e a cadeirinha que
guardamos embaixo da mesa. Ramiro me falou dele como
se fosse uma pessoa, não tive como não rir, já estabeleceram
um vínculo. Ele me perguntou do meu pai. E contei, contei
do lanche, de nosso acidentado encontro essa tarde em casa,
em sua casa, em nossa casa, ex-casa, aí. Carmem, por sorte,
não estava, não por nada em especial, tudo bem com ela, mas
foi melhor para estarmos mais tranquilos com meu pai, ainda
que tranquilos, realmente, não estivemos. Circulam os jovens,
meus semi-irmãos adolescentes. Encantadores, mas superde-
mandantes. Não têm paz. É incrível, se nota que Albert já
está de volta. Lorenzo está superadolescente, os hormônios
não dão trégua e você não tem ideia do mau humor que
tem. Não comigo, claro, ao contrário, comigo busca cum-

plicidade, mas com meu pai não deixa passar uma, é bizarro. Facundo não, Facu está enorme, mas segue sendo uma criança, mede quase um metro e oitenta, mas é muito criança, então imagina a combinação pouco explosiva. Não faz nada o dia todo, quer sentar no colo e te amassa, é como um mamute que quer chamar a atenção o tempo todo. E faz bem, é bem engraçado, e entre ele e Lorenzo se notam as faíscas o tempo inteiro, e Facu se estressa, passa o dia se estapeando com os dois, é muito engraçado de ver. Mas cansa que você não faz ideia. Eu fui só pra lanchar e voltei exausta. Já tenho a cota de irmão adolescente cheia, e desde essa tarde não voltei a vê-los. Combinei com meu pai que lhes avisava quando eu fosse embora, ele queria me convidar para um churrasco ou algo assim, então suponho que os vejo mais uma vez. O meu pai, eu vi bem. Muito tranquilo. Talvez tenha sido o contraste com seus filhos-netos. Se nota que o tema da família o deixa anestesiado. E a mulher, Carmem, também é hiperativa. Parece que agora tem casais amigos, algo assim como vida social, que saem pra comer e essas coisas, fazem programas juntos e Albert anda de camisa polo e calça cáqui, super na moda, uma espécie de Woody Allen robusto, dá para perceber que é Carmem quem o veste. E ele está entregue. Como se fosse outra vida, de fato assim é, é outra vida. Está bem, me alegro por ele, está lindo. Depois do lanche e do momento irmãos, nos trancamos no seu escritório, meu ex--quarto (muito, mas muito ex) e aí pudemos conversar tranquilos um pouco. Me falou de sua nova vida, ria um pouco de si mesmo, disso, desse novo papel, às vezes, quando se cansa, se tranca aí e todos sabem que não é para incomodar. Que com os meninos tem um bom vínculo, que aproveitou, que aproveita muito da paternidade, da convivência com os moleques. Que às vezes dói não ter podido ser tão exaustivo conosco, que tinha um monte de problemas naquele momento, que todo o tema da Cora foi muito duro para ele, não só por nós, mas por ele também. Eu tratei de evitar que ele entrasse nesse tema, mas por outro lado meu irmão e eu somos as únicas pessoas que ele pode falar disso, então deixei que ele colocasse para fora, que voltasse a isso e tratei de fazê-lo entender, mais uma vez, que nunca nos faltou nada, que eu tenho as melhores memórias dele como pai, que não tenho nada para me queixar, mas não tem como, ele sente uma espécie de dívida e não tem forma de convencê-lo de que ele não nos deve nada. De qualquer forma, foi bom, não houve nenhuma derrapada, digo. Me contou que ele voltou a escrever, que estava nisso e que estava contente, mas que não contava a ninguém para que não rissem dele, que Carmem não entendia, que, para ela, parecia coisa de velho tarado, que depois ela lhe chamava de Neruda, coisas assim, então que ele se limitava a escrever só no seu escritório, sem compartilhar com ninguém, mas que está contente, que, pelo menos por enquanto, não sente falta de ter leitores. Pedi que mostrasse alguma coisa, que eu gostaria de ler algo, ver em como vai a coisa, e me disse que agora não, que ainda estava corrigindo, que talvez mais pra frente, que sim, que algo ia me mostrar, mas que me pedia encarecidamente – com essa condição me daria – que não dissesse a ninguém, e que não desse minha opinião. Que tinha pudor e que, de todo modo, uma vez pronto, uma vez terminado, ele já não tinha intenções de modificar, que cada coisa era o que era e pronto. E você?, me disse então, queria saber onde eu andava, se estava escrevendo, que muito pouco, contei, que não tinha muito tempo na verdade, que o combo faculdade-trabalho-namorado não me deixava muito tempo para mim mesma. E isso me pareceu engraçado, o do tempo para mim, já que todas essas coisas, namorado-estudo-trabalho, eram minhas, eram eu, que curioso que me referisse a tudo como coisas, como atividades que me afastavam ou – pelo menos – me distraíam de mim mesma. Me calei. E fiquei dando voltas com isso depois. Tempo para mim, o que será que quis dizer com isso, a quê queria me referir quando disse tempo para mim.

Apareceu o CD de Counting Crows. Quero dizer: suponho que estava aí o tempo todo, mas só agora descobri. Dava para perceber que tinha caído atrás de alguma coisa, porque eu já tinha revisado sua discografia e não o tinha visto e agora estava bem aí, como quem não quer nada. Deu para perceber também que sua mãe esteve limpando e, de repente, estou buscando alguma coisa para escutar e vejo, vejo a lombada amarela, como se tivesse estado sempre aqui. Coloquei "Round Here". Não pode ser, tão antes de tudo. Me lembro dessa mulher no clipe, vagando, com uma mala em uma cidade, primeiro, e depois numa planície, isso principalmente, uma planície, como um deserto. Não lembro exatamente se a mulher estava aí, acho que sim, tinha um vestido e depois caía em algum momento em algum outro lugar. Caía na água? Não me lembro bem, mas sei que a sensação era de absoluta desolação. Ela estava mal, louca, lunática, e fascinante. Tinha um cara também? Não sei por que me veio agora um cara vestido de terno e gravata, de terno marrom, não sei se é real, se tinha mesmo um cara de terno, mas ouvindo a música agora tive essa sensação desoladora desse homem de terno marrom numa salina ou num descampado, tão inadequado, incômodo, tão fora do lugar. Escutei umas duas ou três vezes seguidas. Ali me olhava chorar como uma estúpida, idiota, até que veio se sentar no meu colo e foi pior. Fiquei acariciando seu pelo com veemência, mas a terceira lágrima que caiu foi o suficiente para ela se levantar e ir para uma zona mais segura. Fez bem essa sua indiferença, me sacudiu a melancolia. Você também teria me mandado ir à merda, alegando que Counting Crows é uma bosta e que você deixou de escutar em noventa e cinco. Bom, sobre isso só posso responder que é fácil renegar a melancolia quando se tem pensado viver tão pouco.

12

UMA FAMÍLIA QUE SE ALIMENTA DE UM DE SEUS INTE-grantes. A cada tanto aparece um desses casos, emerge: alguma família que se alimenta de um de seus integrantes. Desta vez foi no Reino Unido. É um subúrbio. Bem, uma família funcional constituída, talvez um tanto numerosa: pai, mãe e onze filhos. Um deles, o de vinte e um, casado com uma menina de vinte, Rachel, que acaba de dar à luz ao seu segundo filho. Huchon o sobrenome. Em algum momento, ela desaparece para o mundo, para sua família. Os Huchon dizem que fugiu, que abandonou seu domicílio. Mas não é verdade, eles a têm encarcerada aí. A torturam. Batem nela com um taco de beisebol, a queimam com cigarros e vai saber mais com quantas coisas que nunca descobrirão, porque seu corpo vai falar, um pouco, ainda que seja, mas ela já não. Isto sucede no mês de março. Encontram-na ou, melhor dizendo, encontram um corpo tempo depois, nos jardins de um convento. Não só não podem saber de que se trata de Rachel como nem sequer se dão conta de que se trata do corpo de uma mulher, pelo estado de decomposição. Ah, e enrolado em um lençol. Depois, às voltas com o inquérito, se apura que se trata de uma família, um clã familiar. Isto entorpece a investigação que, de todo modo, chega à sua descoberta e as condenações são efetuadas. Os que recebem a pena mais alta são os pais, os sogros, no caso. Seu marido também, alguns cunhados, e mais levemente algumas concunhadas também, por encobrir ou por dificultar a investigação, não sei muito bem. Tudo o que Rachel nunca vai poder contar. O pouco que seu corpo pode contar, tudo o que calou. Por que a família escolheu ela, nada mais e nada menos, como seu mártir foi capaz, depois dela ter dado seus dois filhos. O sadismo se estenderia a todos da família? Seu marido a defenderia ou seria o primeiro a submetê-la? Ela teria podido fugir ou pedir ajuda antes do encerro absoluto? Esteve, realmente, absolutamente encerrada? Ou simplesmente não podia fugir? O que, nela, a fez sucumbir a essa família e não poder se salvar? A história daqueles que vão até o fim, que atuam, que se deixam ir até as últimas consequências. Alimentam-se de um, para poder seguir em frente. E para não ter que comer a carne de sua própria carne, se lançam sobre o mais parecido, o mais próximo. A pobre da Rachel, apodrecendo na vida já, que espírito! Como os hamsters, como os hamsters que comem seus filhotes, como isso, comer da própria carne, se alimentar de si mesmo, ser o/nosso próprio alimento.

13

CERIMÔNIA E CHURRASCO, ASSIM FOI. PRIMEIRO, CERImônia, depois, churrasco, carne na brasa.

Em cima da ponte fazia um frio que não sou capaz de explicar. Não foi ruim isso, esse fator, o do vento. Porque fez com que tudo fosse curto, expresso, e então o que durou foi o churrasco. Isso foi bom. Não foi seu pai que fez desta vez, fomos comer fora, numa churrascaria, para ninguém precisar trabalhar, isso disseram, que sua mãe não tinha vontade de lavar pratos. Então fomos naquela do bouvelard, não estava tão boa, parece que mudou o dono, mas dava no mesmo. Estava sua irmã, que mal terminou de comer – e não comeu muito – e foi embora; e veio meu pai também, mas sozinho. Eu não sabia que ele vinha, descobri que Úrsula o convidou e era uma espécie de surpresa, só não sei para quem, suponho que para mim, hoje tentaram me atingir de todos os lados, mas ninguém pode comigo. Não derramei uma só lágrima, ainda que tivesse vontade. Me emocionei, não nego, principalmente aí na ponte, como tinha proposto o tema do lançamento, de te espalhar em queda livre, e tinha a imagem da chinesa caindo entre as nuvens, não pude evitar que me comovesse, mas foi tanto que não chorei. Acho que teria sido muito brega se eu tivesse chorado, redundante. Proponho a cerimônia e ainda me desfaço em lágrimas, com seus pais aí, não ficava bem. Foi por isso que, então, me comovi para dentro, uma comoção interna, como se algo, suas cinzas, se abismassem, como se caíssem dentro de mim também, como se tivessem caído de costas para dentro, algo, sem gravidade. Persistiu um tempo, essa sensação, a de cair para dentro e não deixou de cair enquanto as cinzas caíam, não durou mais de três segundos, isso quero dizer, o espalhar até desaparecer, não durou mais que isso. Um, dois, três, e já não se via, já não era possível reconhecer nem uma só partícula de nada disso, da matéria, você. Ninguém falou, não nos movemos enquanto durou o descenso, a evaporação, não sei como chamar, vou chamar de aquilo, ficamos assim um tempinho, o vento era terrível, cortante, pegava na nuca, e eu não estava de capuz. Até que sua irmã disse para a gente ir, que estava cagando de frio e subimos no carro, os quatro e sua avó, que não disse nada, em momento algum. Acho que ela nunca entendeu de que se tratava tudo isso. Não a culpo. E aí o churrasco. Meu pai estava todo arrumado, com barba de uns dias, mas muito engomadinho. Com roupa passada e sobriamente combinada, um galã maduro. O fator Carmem. Quase não tomou vinho e conversou muito com seus pais, de coisas, de outras coisas. Eu não tinha muito o que dizer, de fato, e ele também não me perguntou muitas coisas. Fui tão filha aí, com todos os adultos. Me permiti estar calada, não ter opinião sobre nada por um tempo, acho até que poderia tirar um cochilo sobre a mesa ou me deitar sobre as cadeiras e não teria chamado a atenção de ninguém. Tão filha fui. Depois levamos sua avó de volta à casa de repouso, ela querendo saber para onde ia, tadinha, que momento terrível, se íamos a sua casa ou aonde era, e seu pai dizendo que não, mamãe, você não se lembra, agora você vive numa casa nova, que está Flávia, a enfermeira, te esperando, aquela que você gosta, que te faz rir, não se lembra, e sua avó que não, nada, absorta, não entende do que falam e enfia a mão na bolsa e vasculha e não encontra as chaves da casa que já não tem. Voltei com eles em silêncio, todos estávamos em silêncio, deixamos meu pai na casa dele, e eu fui direto depois dormir, vestida, aqui na sua cama, não dava mais, não queria pensar, não queria mais pensar. Depois tive uns sonhos turbulentos, esses de pós-almoço, e acordei de noite.

Senti uma angústia tremenda quando me levantei, impossível, que não me deixava enxergar. Os domingos à noite costumam ser suficientemente intoleráveis por si, mesmo quando você sente que está chegando a hora, quando a noite se aproxima; mas ter o azar de acordar já no meio da noite de domingo, já com ele sucedendo, já plenamente em ação, a noite aí, não tem nome. Fiquei uns segundos ou minutos sentada na beira da cama, não entendia que momento do dia era, vi que o relógio marcava sete e meia, mas não sabia nem se era da manhã ou da noite, me custou calcular quanto tempo – de fato – eu tinha dormido. A luz da rua também não ajudava, a penumbra podia corresponder tanto ao início quanto ao fim do dia. O fator determinante foi Ali; Ali não estava e entrou depois, aí, justo aí, justo no meio do meu aturdimento veio se esfregar, muito desperta, muito avivada. De manhã, acorda comigo, então soube que era de noite. Era ainda – ah, não – o mesmo dia. O mesmo vinte e oito de agosto. Fui ao banheiro, me vi no espelho, comprovei que estava mesmo acalorada e com uma linha enorme de lençol cruzando minha bochecha esquerda. O cabelo grudado, duro e espetado para cima. Tentei achatá-lo com um pouco de água, escovei os dentes, coloquei sua jaqueta e fui para o bar da Vanina.

Minha vida não é das que se definem heroicas.

14

UMA IMUNDICE, ME DIZ. QUE JÁ PELA TARDE JÁ TINHA sentido uma espécie de cheiro de cachorro na cozinha, cheiro de cachorro molhado, mas que parecia algo mais, e por um motivo qualquer não quis na hora investigar. Mas aí o cheiro de cachorro molhado não passou. Não era questão só de umidade, de umidade no ambiente. Então mais tarde, já de noitinha, reincide. Está lavando a louça e o cheiro já é insuportável, definitivamente não eram mais nuances. Se atreve. Toma coragem e se atreve. Abre as portas do móvel debaixo da pia, o cheiro se intensifica. É fedor, já não tem mais dúvida. Ali onde o pano de prato tinha ficado para cobrir uma goteira. O levanta. Primeiro, o descobrimento macabro: debaixo do pano, um cemitério de guano, cocô de rato. É evidente que se serviu da indiferença e da escuridão do local e do pano para fazer dele seu lar. Algo mais havia de encontrar. Então: começa a levantar as travessas, uma de vidro azul, sei exatamente de qual se trata, apresenta uma espécie de cola pegajosa composta – essencialmente – por pelo e algo assim como pele. De rato. Uma massa de pelos aderidos ao vidro por algo parecido a sebo. Bah, me retorce o estômago. Já não tem volta, o cheiro de cachorro molhado já invadiu tudo. É momento de aguentar e enfrentar. Então: toda a zona inferior do móvel está vazia (não queremos nos referir ao cocô de rato e não vamos) e a barra parece estar limpa, ao menos aparentemente. Toma a vassoura e varre detrás de uma espécie de ponto cego que tem o móvel, um lugar que não chega o olho humano nem se contorcendo, e sente algo. Chega através das cerdas de plástico, o cabo da vassoura e daí até suas mãos a sensação de massa, o contato da vassoura com algo que não é pó nem sujeira, algo que pesa e se arrasta. Empurra/varre o troço para fora do móvel, justo até onde sim alcança o olho humano e vai aparecendo, nessa ordem, primeiro um rabo, depois um corpinho desintegrado (me faz saber com bastante detalhe) e por último uma imunda, imundíssima, cabecinha de rato. Isso digo eu, claro, mas posso imaginá-lo. Ramiro, por sua vez, e por mais nojo que tivesse, se mostrou satisfeito de ter ganhado a batalha contra o rato, de ter recuperado a jurisdição sobre sua cozinha, a nossa, de ter reconquistado o espaço do roedor. O estado da criatura, segundo seu carrasco, era (perdão pela exaustividade, mas necessitava saber, necessitava saber que destino tinha tido este ser com o qual compartilhei casa e comida, por um indefinido período de tempo): arrebentado. Aparentemente o veneno, esse veneno fúcsia flúor, muito/demasiado parecido a umas pastilhas de anis, implodiu o pequeno estômago do animal, e detonou seu organismo de dentro para fora. Aparentemente não chegava a ser uma ratazana, mas também não tinha a exiguidade de um hamster: era um verdadeiro rato, entre marrom e cinza, comum, segundo Ramiro: um rato padrão, adiciono à descrição, e Ramiro diz que sim, triunfante. Um horror. Agora descubro, porque me conta sua mãe, que parece que há outros venenos menos agressivos para a vista humana e que – em vez de arrebentar o animal, o secam por dentro, literalmente – e o deixam duro, como que dissecado. Então, mesmo que demoremos em encontrá-lo, não apodrece aí, e nem o encontramos pelo fedor. Este, o nosso, foi generoso e se deixou encontrar em uma fase recente do processo de decomposição. Por sorte, eu estava longe dessa morte, do macabro desenlace do habitante da Rua Bogotá. Por outro lado, o gato já terminou de se instalar completamente. Além disso, cabe dizer que nunca quis sujar suas mãos de sangue, nem as garras, nem muito menos o focinho, mas sim que se manteve longe, o mais longe possível do pequeno intruso. Agora Apolo já tem até música, que conta e canta suas andanças (cujo estribilho é: Apolo, Apolo/ suba no meu colo/suba, baixe, relaxe/finge de morto/só não me morda/e me deixe tocar gaita/Apolo, Apolo/suba no meu colo) é uma espécie de ode ao gato vadio e pacifista. Esse é o Apolo. Suba no meu colo.

15

VOU PARA O BAR DA VANI, DA VANINA E SEU MARIDO, SEU ilustríssimo companheiro. Sua mãe me ofereceu a bicicleta da sua irmã antes de eu sair, mas não aceitei, não queria chegar rápido, disso se tratava. Além do mais, estava ainda meio dormindo, anestesiada, e tinha medo de cair. Na rua, claro, faz um frio complicado, mas me faz bem, agora me faz bem. Caminho rápido, escondo até o nariz dentro da gola alta da jaqueta, meto as mãos no bolso e encontro uma passagem de ônibus. Deve ser seu, é de noventa e seis. É uma passagem de viagem a Trevelin. Como me deprime isso dos dias serem tão curtos, são catorze horas de escuridão, é muita, muita noite. Com tanta escuridão, é preciso ser sueco ou canadense para produzir, para querer fazer alguma coisa apesar de tudo, para ter vontade de sair. Para mim o frio assim e a noite eterna só me dão vontade de dormir ou tomar vinho. De dormir e tomar vinho. Nada mais. Dormir de dia e tomar vinho de noite. Ou ao contrário. Eu poderia fazer só isso. Isso e carinhos, claro, que combinam muito bem, tanto com o vinho quanto com dormir. Beber, dormir e procriar, supercombo.

Desde a esquina vejo um cartaz luminoso de uma marca de cerveja e um reflexo de luz laranja sobre a calçada. Na porta, duas bicicletas. A população de Esquel que está acordada – e viva – está aqui. Entro e o que percebo primeiro é que está tocando The Police, nada mais e nada menos. Não pode ser. Abro a jaqueta e o calor do lugar me destapa os buracos da cara. Me sinto quente, devo estar vermelha. The Police. Faço uma varredura do lugar com os olhos, mas não o vejo, não o identifico, também não há tanta gente assim. Há, sim, um grupo de meninos jogando sinuca no fundo. Mas são mais moleques, provavelmente saberia quem são se me dissessem seus sobrenomes, devem ser todos irmãos mais novos das pessoas que conheço, moleques que deixei de ver quando ainda estavam no primário e que agora são homens, que inclusive me olham com intenção. Que engraçado. Depois dois casaisinhos e uns bêbados sentados nas banquetas do balcão do bar. Pela cara inchada, devem estar aí desde cedo. Não parece ruim, o bar, cumpre o que promete. Aí, de garçonete e bartender, está Vanina. Sorri quando me vê, sai detrás do balcão para vir me abraçar. Acho que está um pouco bêbada, se nota que, aos domingos, relaxa, não abrem até a próxima quinta. Me aperta um pouco e depois me diz, quase gritando, como se o volume da música pedisse, mesmo que não estivesse tão alto na realidade, que bom que eu vim, que já vai me apresentar seu marido e que − e, aqui, sobe ainda mais o nível de expressividade na mesma medida em que diminui o tom da voz − gesticula, como se eu fosse deficiente auditiva, está aqui, quê, pergunto, que está aqui, quem, Julián, está no banheiro, veio sozinho, me diz ela. Eu sabia, sabia que este disco não significava boas notícias/não trazia nada de bom, ou sim. O fato é que nem pude decidir se na verdade isso me soava grave, porque ela colocou a gravidade por mim, colocou tanta intenção na notícia que já não pude evitar ficar nervosa, supernervosa. Vou ao banheiro, meu banheiro, de mulheres. Arranco meu braço do braço da Vanina, falo pra ela que já volto, já volto, digo e fujo para o banheiro das mulheres. Por sorte − e isso foi algo premeditado, já tinha percebido, daí a estratégia −, os banheiros são em setores opostos do bar. Não quero ser muito escatológica, mas te devo a explicação que provavelmente eu fiquei tão nervosa como fiquei não só por

Julián, o fato é que eu estava deixando para trás todo um longo, longuíssimo dia e, provavelmente, a reação agressiva do meu organismo tenha feito o trabalho todo sozinho. Achei que ia desmaiar, achei que não ia poder superar a instituição banheiro/privada. Mas superei, depois de um tempo, claro, mas não sem que antes Vanina aparecesse preocupada e me perguntasse se estava tudo bem, que claramente comi alguma coisa que me caiu mal, e lhe contei do dia longo, como para distrair da última notícia, e que – além disso – desceu para mim. É claro que menstruei, como cúmulo do cúmulo, mesmo que ainda faltasse uma semana para meu ciclo, e sou super-regular. Ou era.

Vanina me diz que vai me buscar um absorvente ou o que tiver, que vai ver se tem no escritório, que ao menos um tem, certeza. Volta com um desses de abas e gel extra sec ou ultra sec, que definitivamente é uma invenção péssima porque já não tem nada de algodão e toda essa coisa sintética não faz nada além de juntar cheiro. E as abas, que péssima ideia, eu – sempre que tenho o azar de me deparar com alguma – as corto. Não só nunca entendi sua funcionalidade, mas que muito cedo descobri sua evidente desvantagem: favorecem o transbordamento. Então, quando isso acontece, é certo que sua calcinha vai ficar imaculada, porque a produção se direciona diretamente à sua calça ou à sua perna. A Vanina, claro, só agradeço. Sem dúvida alguma, não estou em condições de recusar este ou qualquer absorvente por mais pouco feliz que eu esteja.

Lavo o rosto. Entram umas meninas superexcitadas e, uma delas, a mais com cara de passada, grita para a outra, de cachinhos, não passam de quinze anos as duas, e fala você viu, eu vi e a outra responde, ele é lindo, não tô acreditando, quero morrer, quando ele coloca este chapéu, eu quero morrer, o amo, eu o amo mais, eu gostei dele primeiro, vaca, é de nós duas, bom, poderia ser mesmo para as duas, e então, não aguento mais e saio. Até porque já sei de quem falam. Ele não se importa comigo, eu não tenho a mínima importância para ele, também não me importa que tenha. Faz dois anos que saio com Manuel, acho que estou apaixonada por ele, ou não sei, tampouco sei se isso importa de verdade, a essa altura, estar apaixonada, nem sei o que significa; nos damos muito bem, temos uma relação linda, somos supercompanheiros, rimos juntos, não sei, está bom, não posso me deixar afetar por um chapéu e deixar tudo ir por água abaixo. Por alguma razão eu fui embora, por algo eu fui, em seu momento, se isso tivesse sido amor, eu teria ficado, ou não? Pensar em todas as coisas que eu não gostava nele, pensar em todas as coisas que eu não gostava nele... Era... Era egoísta, temperamental, isso, mal-humorado e déspota, déspota também, sempre terminava impondo. O vejo, está de costas, sentado no balcão e me dá às costas. Está usando seu chapéu. Vanina me vê chegar, está falando com ele, ela sim está debaixo do foco de luz. Ao lado dela, um cara de barba, deve ser o galã, já nem me lembro como me disse que se chama, como merda se chama? Me vê chegar e vejo que diz algo, adora, vejo que ela está adorando testemunhar o momento, vejo sua cara de prazer, de satisfação. Julián dá volta, está com seu chapéu cinza e uma camiseta muito feia, como com lobos, meio puída. Gira sobre o tamborete e me deixa me aproximar. Sorri. Ai, ele está tão dolorosamente parecido a si mesmo. Ei, digo, como alongado, alongando o "e", alongando até não poder mais, enquanto me aproximo, no primeiro momento do abraço. Ele fica sentado aí sobre a banqueta, assim que a diferença de altura faz com que ele praticamente me envolva com suas pernas, isto é, óbvio que não faz, mas sinto a parte interna, a pressão da parte interna de suas coxas contra meu quadril enquanto me abraça e sinto seu cheiro e me vem uma vontade, muita vontade de chorar. Devem ser os hormônios.

O *ei* é absolutamente falso e seu único fim é dissimular um pouco minha perplexidade e diminuir a importância do momento, do encontro. Acompanhada de uns tapinhas nas costas, minha vontade de des-solenizar, de tirar o peso, que não serviu para nada já que meu nariz volta a entrar em contato com seu cheiro. A puta que me pariu. Muito, mas muito cheiro de Julián. Imediatamente depois dos primeiros segundos, quero me dissolver, me soltar, me afastar; quero retroceder e ao primeiro movimento mínimo sinto que ele me tem muito agarrada, já não posso ir, nem quero, e me relaxo e o abraço e ponho a cabeça no seu ombro e ele me diz oi, um oi comprido, como que alongado, meloso, como um oi de muito tempo e eu, no lugar de chorar ou de fugir ou de, ao menos, ficar calada, respondo filho da puta, você teve filhos com outra, que sacana.

Ele ri; o disco reproduz "Every Breath You Take". E eu o cheiro. E sinto seu cheiro, nada mais.

Não suporto que isso seja assim, não tolero que ele tenha tido a sorte de que neste momento, neste encontro ou reencontro tenha sido tão perfeito, que o tenha favorecido tanto, que tudo tenha se alinhado tão bem, tenha casado tão bem para ele. E nem sequer posso culpá-lo. Mas isso de ter a sorte de que tocasse logo essa música, justo nesse momento, fazendo de trilha sonora para esse momento desse domingo à noite logo *Sinchronicity* e que eu começasse a chorar, de fazer coincidir meu choro sobre seu ombro justo com essa faixa, com o desordenado que é esse disco, isso é sorte.

Esse momento, obviamente, é completo, acabado, não existe mais que para si mesmo, não tem passado nem futuro. Não posso acreditar estar aí. Poderia e gostaria de morrer neste instante. Toca "Every Breath You Take", tem vários pontos do meu corpo em contato com o seu, vou me relaxando, deixando/apoiando meu peso sobre esses pontos, passando tudo a ele, o peso, inalando seu cheiro, tem de tudo aí, é ele e ao mesmo tempo tem outras texturas novas, algo de bebê, tem algo de cheiro de coisa de bebê, vômito ou alguma outra coisa, e cheiro de comida, um pouco de cheiro de comida também. Contra meu peito, no lado esquerdo da cabeça, está a aba direita do seu chapéu, do seu chapéu cinza. Estamos em silêncio e ele segue o ritmo da música com sua perna direita contra a minha, e a move também. Não respondeu a minha provocação, e o que poderia dizer, só me deixou chorar, é o melhor que podia fazer, o único. Eu sigo chorando, mas não posso acreditar nesse momento, não entendo se estou absolutamente feliz ou desfalecida. Não sei. Quero que não termine, que não termine nunca, quero morrer. Mas não quero. Não quero morrer, só simplesmente morrer. Morrer suspensa aí, nele, entrar em sua camiseta de lobos, em sua camiseta horrorosa de lobos e que me arranquem primeiro a roupa, assim me vejo mais sexy na morte, e depois a mim mesma, minhas carnes, com seus dentes, minhas partes, que me devorem, que me desossem, que me devorem tudo e que durmam depois, empanturrados sob a lua, mas que não venha nenhum caçador a lhes abrir a pança e meter pedras no lugar para substituir meus membros porque já vou estar partida, porque, de todo modo, já não podem me reconstituir.

Toca "King of Pain" e a mudança de ritmo corta o momento. Volto ao bar, volto a Esquel e comprovo, para minha decepção, que estou inteira, inteirinha, tal qual como cheguei, ao menos em aparência. Me olha, mas não com os olhos, olha meu corpo, e me diz essa jaqueta não é sua, respondo que não é, que na verdade é sua e ele agrega seus peitos cresceram. Rio, rio muito, é verdade, é verdade que cresceram nestes últimos anos, sobretudo neste último e me diverte que ele os observe, não só isso, mas que tenha também a delicadeza de comentar, assim como faz neste momento. Também preciso dizer que, a partir de então, vou demorar em tirar a jaqueta, observada como me sinto, intimidada como estou. Pois é, digo, viu, não sei o que aconteceu, a boa vida, ele diz, a boa vida, eu repito, você está lindo, isso também, isso eu também digo.

Tomamos uma cerveja. Por um momento eu esqueci completamente onde estávamos e vou continuar me esquecendo durante toda nossa estância no bar da Vanina, que me faz me sentir um pouco no Texas, pelo patético, pelo estridente, pelo neon. Pela minha jaqueta, pela bebedeira, pelo meu boy, pela falta de perspectivas, pelo encantador, pelo irreal. Me faz me sentir em Esquel, digo no Texas, que parece que estou, que me sofistico. Vanina me apresenta seu marido, mas acho que não se casaram. Muito simpático Omar, um macho alfa, com tudo o que se tem direito e ainda voz de fumador. Ela está empolgada, se nota, de estar testemunhando este momento e de ser não só a testemunha, mas, inclusive, a arquiteta deste encontro, do reencontro. De vez em quando cruzo com seu olhar, ela circula e tudo em sua expressão denota picardia, cumplicidade. Me incomoda, me incomoda um pouco que ela assuma a ideia de que há uma cumplicidade entre nós, ou que queira estabelecê-la, e que suponha – também – que, para mim, seja tão importante estar aqui, justo neste momento, com Julián. Então cada vez que sorri com essa picardia, eu a olho com cara de nada, neutra, transmitindo algo assim como você tem um lindo bar, ou que bom que pude conhecer o bar e seu macho/marido, algo assim, algo dessa natureza.

Com Juli, a princípio, não falamos de nós. Depois da pergunta que fiz e depois que me acalmei e deixei de chorar, começamos a tomar cerveja e ele me perguntou sobre você, ou seja, sua família, seus pais; disse que ele os via de vez em quando, mas que não sabia muito bem como estavam, parecia que sim, que estavam bem, que refizeram a vida, mas bom, era só o que via de longe. Então eu conto minhas impressões desses últimos dias e me vejo obrigada a pensar, quero dizer, a fazer uma espécie de balanço, de observação de como vi seus pais, de como eu os encontrei e conto, conto da cerimônia e dos bilhetinhos da sua mãe e da parcimônia da sua irmã, que é meio vaca, né, me diz Julián e eu digo que não, que pelo menos para mim não, que eu a entendo, e que cada um lida como pode e leva do jeito que pode e que Valéria é assim, uma mina pragmática e que, por sorte, que por sorte, é que pode seguir em frente, tocar sua vida, sair de casa e tudo e que, além disso, é uma pessoa boa, por mais seca que seja. Que então que não, que não os vejo para nada deprimidos, que levam bem na verdade, porque não é como se não te nomeassem, talvez seu pai te nomeasse um pouco menos, mas esse é seu estilo, é uma pessoa que fala pouco e que, mesmo assim, me parece muito comunicativo, com gestos, com coisas. Daí, então, começou a me perguntar do meu pai, e rimos um monte da mudança de *look*, ele já tinha reparado, disse que faz tempo que ele está assim, que meu pai virou mauricinho e falamos de Carmem, que é gostosa me disse o pilantra, mas é verdade, é verdade que é gostosa, e fico feliz pelo meu pai. Que lindo tudo, não? Me diz e reconheço sua acidez e entendo que agora não quero perguntar, que não tenho vontade de saber, que não quero que me conte, que quero que este momento seja nosso e que não metam na história loiras com sardas, nem ranhentos, nem gravidezes complicadas nem muito menos amor paterno. Quero falar de coisas que conheço, não assistir o devir, a experiência de outro, do outro. A essa altura do encontro já estamos um pouco alcoolizados os dois e eu já suo. Ainda estou vestindo a jaqueta e decido vencer minha timidez. Tiro e a entrego para Vanina que já está aí do outro lado do balcão para recebê-la e guardá-la como se essa noite existisse só para nós dois, um personagem funcional, como se fôssemos clientes exclusivos, provavelmente sejamos, e não por sorte a nossa. Então Julián volta ao ataque. Caralho, sério, estão grandes. Pois é, bem, passou muito tempo, respondo e antes de eu terminar, ele pergunta se tenho namorado. Conto. Conto sobre Manuel, e sua cara se transforma, parece se irritar de verdade e eu não posso acreditar, não posso acreditar que tenha a cara dura de me fazer uma cena de ciúmes. Em seguida percebo que já não quer saber de mais nada, e não porque eu tenha dito muito, na verdade nem me interessa que ele saiba muito, não morro de vontade de contar para ele, por discutir com ele minha relação com Manuel. Vejo seu bico, vejo-o contrariado, ferido, infantil e me corta dizendo agora eu tenho filhos, você soube? Ah, uma pergunta retórica, direto ao coração. Já que ele já sabia, já que ele já sabia que eu sabia, se foi assim que começou tudo. Malandro, pilantra, maquiavélico, sempre foi, tudo isso. Sim, soube, respondi, negando o olhar, sei que fez de propósito, entendo que se sinta ferido, por isso me enfurece, não me incomoda seu incômodo, mas já não o olho, prefiro não olhar, tomo cerveja e olho para o copo. Tiro a espuma que está grudada do lado de dentro do vidro, dou toda a volta e me chupo o dedo. Me diz vamos, quero ir embora, e digo que sim, sem olhar para ele, só assentindo e lambendo o lábio. Peço minha jaqueta, Vanina não cobra pela cerveja, está contente, não sei se porque estivemos lá ou porque estamos indo embora juntos, provavelmente seja um pouco dos dois. Deixamos uma boa gorjeta, Julián veste sua japona e saímos. Ele caminha atrás de mim com uma mão sobre minhas costas. Não entendo sua impunidade, mas a permito, isso está claríssimo. Tento caminhar mais rápido para me soltar disso, mas não é possível.

Hoje não queria colocar minha roupa, hoje queria usar a roupa de outra pessoa, outra coisa. Tenho muitas fantasias, claro que sim, e não sei se são boas. Não sei se faço bem em tê-las, acho que é mais isso. Agora estou um pouco triste, basicamente triste e isso me dá sono. Deveria escrever, fiquei excitada e ansiosa, mas agora mesmo é como se me custasse. Devo me recobrar, me recobrar, me recobrar.

16

VOCÊ VAI PARA A CASA DOS HILB? E SIM, E PARA ONDE merda iria se não para lá. Não, besta, pergunto, porque você poderia estar ficando na casa do seu pai. Não, na casa dele não tem lugar. Onde era meu quarto virou um escritório. Fico feliz, é um bom destino para um quarto, gosto de saber que é aí onde ele escolhe se trancar. Te deixo em casa, estou com a caminhonete. Não virei para olhá-lo. Cruzamos a rua, e Juli se dirige para uma caminhonete que não conheço, se vê que trocaram, trocaram a F100 por uma mais moderna. O sigo, ele me abre a porta do acompanhante, não nos dizemos nada mais. Dentro, claro, além de fazer um frio dos infernos, está cheio de bugigangas e rastros de criança, e no banco traseiro há uma cadeirinha dessas de prender crianças, cheia de migalhas. Ai. Toda uma vida de família. O terrível que é ver essa cadeirinha, essa cadeirinha tal e como está, assim de suja como está, cheia de vida, me dá a medida do desastre. Isto, esta cadeirinha e tudo o que ela representa é irremediável. Não digo nada, jogo um dado colorido de feltro e uma garrafinha de Coca, vazia, do lugar onde procuro me sentar, não digo nada, retenho o dado, o olho e finalmente o coloco ao lado da luneta, ao lado de outras coisas: uma chupeta, uma fita cassete, papéis, fraldas. Julián liga o aquecedor e a música: começa a cantar Bob Marley. A música está começada, é uma faixa no meio. Que engraçado, é bom saber que certas coisas nunca mudam. Bob Marley sobreviveu a tudo, como vejo, ao meu desaparecimento, ao seu também, é claro, como todos nós, à mãe praticamente adolescente, à gravidez difícil, ao menino, aos meninos, à paternidade. E segue aí, cantando, como se nada acontecesse, como se tudo acontecesse, na verdade. Me tranquiliza que assim seja, me agrada suas boas-vindas, me parece um bom sinal, não sei do quê, mas me aproxima, me aproxima de algo bom, me devolve. Conheço essa música, conheço de cor quase todas as músicas do Bob Marley, o escutei até o cansaço, mesmo que essa seja só uma forma de falar, porque cansar mesmo, não me cansei nunca. Primeiro, o escutei passivamente, até que não me restou outra se não me apropriar do que dizia, e não me custou nada, admito, é fácil amar. Eu gosto, Bob me cai bem, muito bem, e particularmente neste momento deixa tudo menos hostil, alheio. Juli prende um beque que tira do bolso, acho a cena muito redundante, mas acho também que Bob vinha tocando desde antes, então não é que se armou uma cena. Na verdade me diverte ver como se combinam, que bom que se permitem combinar a maternidade e a maconha, a paternidade e o reggae. Pergunta se eu quero, primeiro não quero, penso que não quero, na verdade, nem chego a pensar, é como se já tivesse decidido antes, estou endurecida, ou estava, já nem sei por que, nem sequer me lembro porque me ofendi, então me arrependo, e aceito, digo que sim, quero, e dou uma tragada bem funda. É superforte. Começo a tossir feito imbecil, me engasgo. Julián se ri, que merda é essa? Está misturado? Não, não sei, este último que consegui é muito zoado, acontece que uma das plantas de casa se encheu de bicho e agora fiquei sem. De toda forma, já quase não tenho nada. É muito ruim. Sim, bastante ruim, mas não pega tão mal. Sua mulher fuma? Não. Mas sabe que você fuma? Sim, lógico, tenho as plantas em casa. E não enche o saco por isso? Não. Seu namorado? Quê? Fuma? Sim, mas não tanto. Sempre tem, mas fuma pouco. Ultimamente na verdade, antes fumava mais. E você? Eu já quase não fumo, não sei, deixei de gostar. Foi aos poucos. Teve uma época que cada vez que eu fumava a viagem era fortíssima, e era bom, era maconha da boa, mas me dava taquicardia ou eu dormia muito rápido ou comia de tudo e qualquer coisa, então já quase não fumo. Não deve ser o mesmo em Buenos Aires. E não, não é mesmo. Chegamos até a porta da sua casa e ele me disse bom, bom, é a primeira vez que voltamos a nos olhar desde o momento em que decidi me ofender por algo que já nem me lembro quê. Me dou conta então de que, na verdade, esperava ou desejava que ele não me levasse direto para casa, que fosse só uma forma de falar, te levo, mas que na verdade fôssemos para outro lado, não sei, para o rio ou para Trevelin ou só dar uma volta ou que pelo menos estacionasse o carro um tempinho na frente da sua casa, mas que desligasse o carro ou alguma coisa assim, para conversar um pouco, havia tanto para se dizer. Ou não? A coisa é que ele nem pensa em estacionar nem desliga o motor, me dá um beijo na bochecha, muito ambíguo para meu gosto e me diz se cuida. Se cuida, me diz, que merda significa isso? Nem ao menos um a gente se vê ou um gostei de te ver ou te vejo por aí ou pelo menos um prefiro que a gente não se veja, mas não, se cuida, me diz e me parece tão ofensivo quanto se ele dissesse se mata. É isso o que eu escuto, se mata. Você também, eu digo e saio do carro. Mal piso na calçada e escuto que ele arranca com a caminhonete, nem me dou o trabalho de virar a cabeça, estou indignada. Ou irritada. E, além disso, fiquei enjoada. Não posso acreditar, estou confusa. Aconteceu alguma coisa ruim? Em que momento se produziu o corte, a mudança? Estávamos bem, estávamos nos comunicando ou pelo menos isso parecia, me parecia, não era para trepar, queria que nos contássemos coisas, não sei, queria saber como tinha sido tudo, sua mudança de vida, ou bom, não sei se tanto como mudança de vida, ainda tinha maconha, Bob Marley, chapéus, camisetas com *fantasy art*, mas bom, ele era pai, é pai agora, e marido, algo teria para me contar, algo devia ter. Ou não? Ou já não queria? Provavelmente não quer, já não tem vontade. Que horror, me sinto uma estúpida, não posso acreditar. E com Vanina aí, devo ter feito um papelão, a ridícula, certamente me via como a ex-namorada rejeitada, arrependida, que patético, certeza de que todo mundo percebeu: o cara com família, que refez sua vida, ou que não a refez, mas que simplesmente fez, se eu não fui mais que a sua namorada do ensino médio, uma namoradinha, que estupidez, provavelmente nem tenha significado nada para ele ou pode ter sido algo como, comi uma qualquer, é evidente, não posso acreditar. Agora provavelmente está contando para a mulher do encontro e deve ter dito que eu, tadinha, sigo apaixonada por ele e devem estar rindo agora juntos, que horror, com o bebê, o bebê entre eles na cama grande e ele beija a barriga, a barriga que contém seu próximo filho e eu aqui sozinha e drogada como uma adolescente, que fissura, que tristeza. Tenho que ir dormir, tenho que ir dormir, quero apagar, preciso apagar.

Tirei toda a roupa, sua casa estava quentinha, queria esquecer de tudo o antes possível. Fico de calcinha e camiseta e me deito assim. Me coloco em posição fetal, mas não estou nem perto de dormir. Me doem os ovários. Que bosta, eu fiz outra vez. Ou melhor dito, ele fez outra vez. Pode, pode fazer comigo. Não posso acreditar, sou tão fácil. Mesmo que não goste da camiseta, mesmo que me irrite seu jeito, tão agressivo, tão sempre na defensiva, mas aqui estou eu outra vez, como se o tempo não tivesse passado, como uma idiota, pendente. Até me dou conta agora, reconheço que eu teria gostado de beijá-lo. Teria querido que ele me beijasse na caminhonete e eu tentasse opor levemente, eu de um lado, e sua mulher, seus dois filhos, e que ele insistisse e eu cedesse, ceder, ceder,

ceder a ele e tudo o que ele quisesse, tudo o que ele pudesse comigo e que me comesse, assim bem torpe como dá para ser no carro, na frente ou no banco de trás, onde houvesse mais lugar, na frente suponho, para não ter que cortar/interromper o momento, que me comesse assim rápido e com a roupa toda, os dois com tudo posto e suando e embaçando os vidros do carro e acabar, assim como quase sempre, assim como com ele. Me masturbaria, se não estivesse absolutamente sangrando nesse momento.

Estou só, estou com fome, dor de ovários e sangro ininterrupta e furiosamente. Vou até a cozinha e me preparo uns pães com uma carne de churrasco fria, do outro dia, tomate e maionese. Estão incríveis. Nunca comia maionese, agora sim. Meu corpo em transição demanda gordura, quanto mais amarela melhor. Assim termino o dia, a longa jornada de sobressaltos: chorando e comendo sanduíche, como Chihiro, só que mais triste, porque não é porque minha mãe e meu pai foram transformados em porcos que choro, mas por mim, que já não sou nada/que sou uma imbecil.

17

VEM DE UMA – OUTRA – SITUAÇÃO DE SUBÚRBIO GRIN-go. Duas irmãs, dessas loiras meio feias de penteados dos oitenta, bem *high school*, de grandes/largos moletons de universidades, se gravando na sala. Tem alguém mais, o namorado, o namorado de uma delas. Em um primeiro momento não entendo se o que estou vendo é uma reconstrução ou se é o vídeo deles de fato. Mais adiante saberemos que sim são elas, já que tudo, quase tudo e o que acontecerá é registrado com a câmera, familiar, suponho. Bom, é Natal ou perto do Natal e elas, as irmãs, se embebedam e, umas horas mais tarde, Karla, a mais velha, liga para uma amiga por telefone e conta que alguma coisa terrível aconteceu com sua irmã, que dormiu e se afogou com o próprio vômito; que adormeceu e faleceu. Vejo as imagens da autópsia de Tammy: tem umas manchas roxas escuras pelo rosto. Diz a voz *in off* que os forenses disseram que devia ser pelos sucos gástricos, que isso poderia tê-la queimado. E que morreu por asfixia porque entrou vômito no pulmão (como Daisy, sem ir muito longe, como a Daisy). Até aí parecia ser um acidente, uma tragédia familiar. Pouco depois, Karla e Paul, a irmã mais velha e seu namorado, vão morar juntos, se mudam para uma casa dessas de subúrbio. Acontecem uns casos de denúncia de jovens mulheres, por estupro. O que se sabe do jovem é que tem cerca de vinte e cinco anos, loiro cara de nada, cara de anuário de formatura de capa dura, vitrine comprida, onde acusados e inocentes se parecem tão terrivelmente idênticos, e uns parecem com o aspecto de Paul Bernardo, o namorado de Karla. A polícia o convida para fazer um exame de DNA e o interroga. Como Paul é muito *gentleman* e obediente, ninguém suspeita dele e nem sequer consideram seu exame. Bem. Eles se casam. Vão para a lua de mel não sei aonde, algum lugar caribenho. Dias depois do retorno, volta a ter caso de estupro no bairro, mas desta vez seguido de morte. Encontram a jovem, partes de seu corpo, esquartejado e fundido no cimento, fundido dentro dos blocos de construção e outros pedaços distribuídos em lixeiras. Não encontram o culpado. Um tempo depois, morta, outra jovem mais. Outra jovem, loira, de subúrbio. E em um desses dias, Karla decide e se cansa e faz uma denúncia na polícia. Está disposta a falar. Não aguenta mais. Seu marido, Paul Bernardo, lhe enche de porradas, lhe violenta, lhe estupra. Ela diz que não suporta mais, que quer que ele tenha o que merece. E começa a confessar: que sim, que ela sabia dos homicídios e dos estupros. E não só era cúmplice, mas também partícipe, porque ela também fazia parte das rondas de estupro e tortura. Que tem tudo filmado em casa. Tudo. Ela negocia entregar as fitas de vídeo em troca de uma redução da pena. Não é pior a delação? Não deveriam aumentar sua pena por isso? Qual a lógica da comunicação? Bem, através dessas fitas se comprova isso mesmo: que ela era participante ativa dos crimes. E tem mais. Confessa, tem algo para confessar sobre a morte da irmã. Por que fala agora? Resulta que tinha sido ela mesma, Karla, quem entregou a sua irmã como presente de Natal. Paul, o namorado, tinha manifestado interesse pela irmã mais nova e Karla tinha decidido que dava a permissão para que ele a estuprasse, como presente de Natal, uma oferenda para seu Paul. Então lhe deram um monte de bebida para atontá-la um pouco e terminaram de adormecê-la com alguma substância que a fizeram inalar, não me lembro qual era.

Exumam o cadáver de Tammy. Fazem as provas pertinentes. É fato, encontram restos da substância no seu rosto. Paul a estuprou sob o consentimento e o olhar (?) da irmã, nisso, Tammy vomitou e se afogou com seu próprio vômito e morreu. E eis aqui — a meu ver — o mais truculento: entre as fitas de vídeo há algumas de umas semanas depois da morte de Tammy, na qual sua irmã se fantasia dela, coloca sua roupa, e pratica sexo oral no seu namorado. Ele a filma.

18

ACORDO, JÁ ESTOU NAS PRORROGAÇÕES. A PARTIR DE agora já deveria estar voltando. Estar em trânsito, passageira em trânsito. Supõe-se que sou uma pessoa que tem uma vida em uma cidade e que, por alguma estranha razão, ou muitas, não quero voltar a ela. À cidade, à vida. Me dá pânico. Agora minha vida lá em Buenos Aires me dá pânico. Manuel, a faculdade, o trabalho, Bogotá: não vejo para quê. Posso mudar o canal, sinto que poderia fazê-lo e deixar tudo para trás, como um filme sem fim, na tevê a cabo, que não captou atenção suficiente como para querer conhecer seu desenlace. O problema é que nos outros canais também não está passando grande coisa, mas pelo menos são outros, tem potencial, ainda existe a possibilidade de que algo aconteça. Ou não? Amanheço podre, me dou conta. Hoje nem sua gata quis dormir comigo. Não me surpreende.

Me levanto a uma hora qualquer, seus pais já não estão. Em um bilhetinho que me deixou Úrsula diz: Manuel ligou, liga na loja, ele pergunta quando você chega. Quer saber quando chego e não quando volto, pelo qual se nota que está certo que de fato volto, com invejável segurança. Voltar. Não tenho nenhuma vontade agora mesmo, não saberia nem dizer de quê. Calculo que Ramiro me lembraria de que isso sempre acontece quando estou viajando, que não quero voltar, que sempre me fascino com outra vida, que fico enganchada com todas essas outras que sou quando estou longe, em outros lugares, que o que me custa é o compromisso, que o outro é fácil, que começar do zero é fácil e já sei, já sei de tudo isso e não tenho vontade de escutá-lo e, além do mais, isso não é uma viagem. Não sei, concretamente agora a sensação é que lá ninguém precisa de mim. Quer dizer: me amam, sim , mas não precisam de mim. Aqui também não, mas tem algo quebrado, essa é a sensação. Agora sinto que não poderia ir embora sem antes falar com Julián, um tempo, ainda que seja por umas horas, e que me conte, que me conte tudo, que me diga se está bem, necessito saber tudo, conhecer os filhos, talvez? A sua mulher inclusive? A sua mulher grávida? Fazer esse salto? Fazê-lo? Acho que não, seria uma mentira, porque o desejo também. E o que vou fazer ali? Vou ficar conversando com... como se chamava... com Mariela? Marianela? Não sei, acho que estou sob angústia, não tive um bom despertar e não consigo pensar bem. Sentiria muita falta da sua gata também se eu fosse agora. E de seus pais. Estou para trás, necessito uma família, quero uma família e, de algum modo, em certa medida, sinto que estou usurpando a sua, ao mesmo tempo não, até porque é certo que é um intercâmbio e que, evidentemente, alguma coisa lhes dou, algo devo dar, estou como adotada. Sinto que assim não posso voltar, assim como estão as coisas, se volto, volto quebrada. Me dou conta que já estou, já estou um pouco quebrada, mas não foi a viagem, não acho que dessa vez tenha sido isso, acho que eu já estava quebrada desde antes, que estava me quebrando/esfacelando desde antes, por isso vim, por isso pude vir, sozinha, além do mais, porque poderia ter vindo com Manuel, é verdade isso, e decidi vir sozinha, por algo será, tinha algo que já estava quebrado. Não posso ir assim, não posso, mas também não posso ficar, que merda vou fazer aqui? Que merda vou fazer?

19

LIGUEI PARA O MEU IRMÃO, FINALMENTE NÃO PUDE EVI-
tar. Quis, pretendi, minha intenção foi a que ele brigasse comigo. Chamei com essa razão, de alguma maneira. Sabia que
não era a pessoa que eu queria escutar, mas, ou justamente
por isso, o chamei. Em alguma medida precisava de uma cha-
mada de alguém que me conhecesse bem, que me conhecesse
muito bem e que estivesse familiarizado – que redundân-
cia – com meus mecanismos de autossabotagem. Para minha
surpresa, e até para minha decepção, Ramiro não foi nem
muito claro nem muito radical. Basicamente me disse que eu
entendesse, isso, que eu entendesse o que estava acontecendo
comigo. Expliquei a ele, contei minimamente do meu encontro com Julián e o quanto eu estava confusa e da provocação
que me causava isso; ele me escutou muito atenciosamente,
e me perguntou e aí com Manuel, e aí o quê, eu disse, e ele
o que você está pensando fazer, o que eu vou fazer e é justamente isso o que eu não sei, eu pergunto se ele o viu, se
sabe de alguma coisa, e ele que sim, que o viu outro dia e que
nada, normal, como sempre, que tinha perguntado por você,
se tinha notícias minhas, que eu era uma desligada que a ele
nem um email tinha mandado. E Rami disse que sim, que
tinha falado comigo e que eu estava um pouco sensível com
tudo, coisa que ele entendia perfeitamente e que bom, que de
todo modo já faltava pouco para voltar. Isso era hoje. A partir
de hoje, eu já deveria estar voltando, já não se supõe mais que
estou aqui, e sim que já deveria estar a caminho. Então é isso,

que Ramiro entende minha confusão, mas não me diz nada, não me ajuda. Não me diz nem que eu faça algo a respeito, só me sugere que eu ligue para ele, mesmo que seja só pra dizer que fique tranquilo, mesmo que eu não saiba como vai ficar tudo e, bom, nada mais, que eu pense sobre o resto para entender e que me cuide. Isso adiciona, se cuida adiciona, e é o que fica ressoando quando desligo. Que Apolo está engordando e já se habituou à casa, que inclusive está já folgando. Desligo e me dou conta de que estou no mesmo lugar que antes, que não avancei nada, que não evoluí. Que, por favor, alguém me diga o que tenho que fazer.

Atende ele, está no trabalho. Oi, linda, arranca e já me toca o coração. Que como vai tudo, que como que desapareço assim, que quando chego. Que bom, que muitas coisas (eu), que meu pai, que seus pais, as cinzas, a cidade, o sul, o vento do sul, as ruas, o clima, o clima pelo contexto, a isso me refiro na verdade, ao clima pelo contexto. À situação. Ao frio também, por que não. Sim, claro, que se imagina, que imaginou, que por isso não se preocupou tanto, que imaginou que eu estaria meio sensível. E que quando chego. E eu, que bom, ainda não sei, que hoje vou comprar a passagem, então tenho que ver, que depois aviso, mas que ando meio estranha, que tenha isso em consideração e que se prepare para isso, que tenha isso em mente. Tudo bem, bonita, não se preocupa, me diz, isso me diz, que está me esperando, que quer muito me ver, eu digo que também, que quero muito vê-lo também e que quando souber o aviso, isso eu digo, que quando souber aviso. Te adoro, linda, eu também. Que saudade, me diz, e eu a isso nada. Quando souber te ligo, beijo, tchau. E se cuida, mais uma vez o se cuida.

Não digo nada, não posso acreditar. Uma covarde. Mas está bem assim, em um ponto está bem. O que eu ia dizer? Se nem sei se nem sei o que dizer. Por telefone? E, além disso, o quê? Não posso, não seria justo compartilhar minhas dúvidas com ele. E por telefone. Que diria? Que não, que me desculpe, mas que eu, na verdade, ando um pouco estranha porque outro dia encontrei com Julián; que sim, que não o via fazia anos e que, de fato, e quase praticamente, não tinha pensado nele antes da minha decisão de vir pra cá, que quase já não me lembrava dele, que já nem era mais parte da minha vida, porque não era, porque tinha deixado de sê-lo? Dizer tudo isso a ele e adicionar que agora sim, que agora tinha voltado a introduzi-lo, tinha voltado a deixá-lo entrar, como quem não quer nada, e que já tinha feito, que já estava realmente fazendo. Dizer isso a ele e dizer também que em isso e nada mais que nisso pensava, e que por isso não estava podendo saber o que seria dele, que, a partir daí, seria com ele. Por isso. Aí. E aí isso. Dizer, olha, Manuel, eu, você, te adoro e, de verdade, gosto muito, muito, de você e talvez até essa coisa cálida e familiar que você me faz sentir, que você me oferece, seja amor, poderia ser, isso não posso saber, como poderia saber? Mas bom, tem outra coisa também que queria falar com você, uma coisa que tinha escondida, uma que estava praticamente trancada em um armário, em um saco de pano, sanguinolento, com um vulto que se move, que se agita, e de cores macabras, vermelho escuro, verde escuro, bordô, assim, assim como isso, escuro e misterioso, moribundo, denso, tenho coisas aqui dentro que se movem. E quando presto atenção nelas, elas se convulsionam e acordam e pedem justiça, pedem que eu me lembre delas. Esse saco de pano ensanguentado, com amputações e línguas, com coisas que não querem ficar quietas e que se agitam e gemem e rosnam quando sentem que as levo à luz, quando conseguem ouvir que alguém acionou a porta do armário, que alguém está aí. Eu, por minha vez, poderia me desentender, voltar a porta ao seu lugar, soltar a maçaneta e fazer com que a razão se restabeleça ou: agarrar o saco, abri-lo, liberar a criatura e que seja o que Deus quiser. Liberar o monstro não ofereceria mais que dois destinos possíveis: ou me devora ou me pede em casamento. Então, como não sei o que quero, como estou com a mão na maçaneta, o olhar vai do saco até o quarto iluminado, em minhas costas, que projeta calor sobre meus ombros e vai de aí até o saco mais uma vez, te pergunto se você quer e se tem vontade de me esperar, esperar para ver o que faço comigo, o que faço com essa merda, o que posso fazer, que vai passar, por que caralho me deixo ganhar desta vez, ou se não me deixo ganhar em nada, nunca, em absoluto, e decido esta vez, decido positivamente, ainda que essa escolha positiva me leve à destruição, e mesmo que seja a destruição mesma, mas, no melhor dos casos, eu que escolhi. E se assim fosse, se eu ficasse com o saco, o sangrento pacote de pano, que você não o tome como fracasso, que não ache que o que tivemos, ou, melhor dito, que o fim que tivemos foi um fracasso de outra coisa, mais longa, maior, mas que foi o êxito de si mesmo: essas longas férias que passamos juntos as quais você gostou de mim e eu gostei de você e nada muito ruim nos aconteceu e nada virou grande coisa, como isso, isso que tivemos e que nos gostamos e que foi tudo enquanto durou e que era tudo, enquanto foi.

Isso deveria tê-lo dito se eu tivesse pretendido ser absolutamente sincera, mas não, não teria servido, provavelmente teria acontecido, primeiro, um silêncio, e ele cortaria depois com algo do estilo de ei, linda, não sei, eu não estou entendendo bem, por que não falamos quando você chegar? E ele teria tido razão. Então, nada, me fodo e fico sozinha com minhas imagens enquanto descubro o que acontece e o que posso fazer comigo. Que não é muito. Por ora, deveria, pelo menos, poder decidir quando voltar.

20

ANTES DE SAIR PARA A RODOVIÁRIA, DEDICO UM POUCO do meu tempo para Ali. Temos um momento de amor. A levanto e a coloco nos meus braços como um bebê, ela deixa, ainda que um pouco desconfiada, e vai relaxando aos poucos. Acaricio sua barriga, coloco minha cabeça contra a dela, me esfrego. Ela tem cheiro de batatas ao forno, não sei por que, não sei por onde andou. De qualquer forma, é gostoso, é gostoso o cheiro de batata no forno, por mais estranho que esteja na cabeça de Alicia, Alisson. Sinto que ela ronrona, sua gata não faz muito barulho, não ronrona para fora, é interno. Mas se você coloca a mão na barriga dela, dá pra sentir.

É estranho. Desde que estou aqui, não pensei no passado, é estranho isso. Falo do passado remoto, do meu passado remoto. Do nosso, daqui, de antes. Provavelmente tenha a ver com que aqui tudo é tão antes que seria redundante. Ao mesmo tempo em que não, também não, porque a maioria das pessoas já não está, e os que ficaram estão irreconhecíveis, já não se deixam identificar consigo mesmos, quer dizer, com o que posso me lembrar deles. Talvez não quisesse pensar em antes porque teria sido insuportável andar com essa carga; ir espalhar suas cinzas da ponte em direção ao nada, em direção a uma paisagem, pensando que aquilo era você, o que você foi. Suponho que foi necessária certa frieza para sobreviver ao momento e não deixar ruir tudo, cair com você. Não sei, e pelos seus pais também, para fazer mais fácil pra eles. E por mim, por mim também, é claro, por mim também.

Curiosamente agora (deve ter a ver com a proximidade da volta), depois da conversa com Manuel, de tudo o que eu não disse sobre Julián e sua família e sua paternidade e tudo o que também não disse sobre a sua casa com o sol do meio-dia e assim tão sem ninguém, só sua gata com cheiro de batata na cabeça e eu, todo este silêncio te traz de volta, materializa sua presença, ou sua ausência ou que você não esteja ou o seu não estar mais, tão claro, tão contundente. Então penso nas tardes no Percy ou aqui no teu quarto ou na sala-copa e fraquejo, me debilito. Me dou conta que, acho que me dou conta que eu quero ir embora sim, mas também quero levar você comigo e é impossível porque você está aqui, muito aqui, agora termino de entender. De lá, de Buenos Aires, posso sentir sua falta muito contemplativamente, olhar para você, para nós, como que através de um vidro, de uma vitrine, nosso passado comum/compartilhado, me melancolizar de vez em quando, mas assim, com distância, com a distância do vidro. Ali, da vitrine, há uma luz pálida que torna tudo ainda mais opaco e lhe dá um halo de irrealidade, de algo acontecido há tanto tempo, algo que alguém pode se afastar e observar, algo que alguém só pode assistir, como se fosse outra coisa, de longe, afastado do corpo. Aqui não, aqui eu venho e você está em tudo. No frio, na manhã, no travesseiro, na sua jaqueta, na sua mãe. E está lá fora, na subida, no cascalho, no asfalto e aí onde o asfalto começa a ser terra quase imperceptivelmente e não é possível distinguir com clareza quem engole quem. Ali e nos latidos. Nos latidos dos filhotes, filhos dos filhos dos filhos. Na feira, no rio, na rodoviária. Nas saídas de finais de semana. Nos adolescentes. Nos adolescentes nas esquinas. Nos meios-fios. Nos degraus da porta para a rua. Nos casaizinhos se pegando. Nessa saliva, você também está aí. Na noite e na neblina. Nessa geada e na queda – brusca – de temperatura – justo – quando deixa de bater o sol. Nos carros que vão em direção ao rio, nas siestas quando o sol está queimando. Na borracha da janela do carro que esquenta demais. No braço que vai sobre essa borracha e se bronzeia e tem pelos amarelados e manchas de sol. Nas pernas sobre o banco de couro, suadas. Na música que justo nesse momento toca na rádio e musicaliza esse momento. Nos álamos que dão um pouco de sombra nesse rio e sobre esse carro quando se estaciona justamente aí, junto a esse rio e seu estreito leito, tímido leito de verão. Nessas pernas de adolescentes, uma, duas, umas quantas, que se estendem sobre essas pedras desse rio e se deixam arrastar um pouco pela água, que não chega a cobri-las, as pernas, as adolescentes, mas que refresca sob esse sol de meio-dia que queima e dá calor. Nesse vento que alivia um pouco na margem desse rio, sobretudo na sombra desses álamos e que move essas folhas desses álamos e lhes faz fazer barulho de chuva. Nos ouvidos dessas adolescentes no rio, nesse fiozinho de rio, que contam coisas à meia-voz, aos sussurros, porque são segredos e a água transmite/transporta o som e não querem ser ouvidas por eles, os outros adolescentes deitados na sombra dessas árvores. Na música que segue vindo do rádio do carro e nos cigarros desses adolescentes que agora descansam à sombra dessas árvores escutando essa música, mesmo que não a escutem, só lhes acompanha. Nesses adolescentes que olham, espreitam, a essas adolescentes da correnteza, adolescentes com pouca roupa, com camisetas, com shorts, que riem e contam coisas perto do leito da água. Na escassez de roupa sobre essa pele de adolescentes à sombra desses álamos. Nisso e na progressão do desejo. Em sua realização ou suspensão, em seu ato levado a sério ou o fracasso absoluto. No banco traseiro de algum carro, desse ou de qualquer um que apareça, sob alguma dessas sombras, dessas árvores ou de outras, de tarde ou de noite. Nesses beijos. Nessa torpeza, nesse suor. Nesse romper-se. Essas lágrimas, algumas dessas lágrimas sobre alguma de todas essas casas, uma, nunca a própria, nunca a mesma. Nesse romper-se ou no prazer, no prazer também por algo estranho, algo novo, algo novo. Nesse intercâmbio, no prazer desse intercâmbio ou nesse romper-se. Nos olhos fechados, no fazer, no deixar-se fazer. No querer e negar-se. Na negação e no avanço. Na desobediência e no furto. No furto e no prazer pelo furto, e a desobediência. Nessas tardes, esses rios, a música. Na hora que a pele arde, de sol, e de outras coisas. A hora em que foi sol demais e já não há como voltar atrás, os braços e as pernas, agora jogados na água, bronzeados, de tanto sol. Em um princípio de noite fria de verão, de frio, que não se vai nunca porque não pensa em ir-se, porque ele é daqui, nesse princípio de noite. Na detenção do início da noite que depois não ocorre, nessa suspensão que chamam de ocaso, mesmo que não seja, que não se diga ocaso porque não vai terminar; em um início, no começo de algo, que não seja noite e que não se faça e não se gaste e que não se vai nunca, assim também, também aí; nessa noite de verão fria que não termina nunca porque não vai começar, porque fará sempre como que está começando e não fará e ficará, como o principio de uma noite que não é e que não vai ser, não/nunca, uma noite.

21

AS PESSOAS TRABALHAM, EU NÃO. EU OLHO PELA JANELA, olho pela janela, pela janela. Lá fora faz um dia lindo de inverno e faz sol. As portas não fecham bem, não fecham, são velhas. Toca um telefone através da parede. Por que dá tanta preguiça de se fazer o que gosta? Dá preguiça, preguiça começar. Me dá preguiça começar e isso parece a não se curar. O caminho do sucesso, o caminho do sucesso. Quem sabe? Me canso de mim, sigo cansando de mim mesma. Por mais à vontade que estou aqui, por mais à vontade que eu me sinta. Alguém atendeu? Em todo caso, o telefone deixou de tocar. O que funciona melhor na ficção? O passado ou o presente? Os fins de semana me dão ojeriza, eu não gosto, esse imperativo de passar superbem, de fazer coisas, de fazer algo especial, o tempo livre. Prefiro buscá-lo enquanto as pessoas trabalham. As pessoas em situação de ócio costumam parecer ridículas, meio fora do lugar, grotescas. Estou desmotivada, um pouco, me dou conta que estou, entediada, excessivamente tranquila, quase cômoda. Já não gosto da minha casa, estou farta, estou farta dela. Quero, mesmo que seja, viver diferente. Eu o cuidaria, cuidaria desse bebê se me deixassem, se quisessem me entregá-lo, se quisessem. Acho que poderia ser uma boa mãe, acho que sim. Não sei o que penso, não sei o que estou pensando, não poderia entendê-lo, não poderia. Não sei a quantas ando, se me perguntassem a quantas ando, eu não saberia o que dizer, o que responder, em que ando. Sei que me canso, cada tanto me canso, me esgoto e não quero mais isso que tinha antes e quero outra coisa, outra, outra coisa. Esperar até o momento em que estoure, esperar até o momento em que estoure, o que é? A ansiedade nunca é muito boa. Uma vez me disseram que ela era a outra cara da angústia e eu acreditei. A cidade grande te suga, de vez em quando é uma bolha. Minha casa, agora, me deprime um pouco. Não a limpo há meses. Não quero dormir em meu quarto, não passo um pano há meses. Há meses. Quero me desfazer de todos os meus livros, de todos os meus discos, sobretudo os que já li, para que vou querer? Não quero nenhum deles, daria tudo. Quero conversar, tenho vontade de me comunicar. Com alguém, com alguém novo, alguém outro, alguém diferente, que me devolva uma nova visão, diferente. Tem gente que simplesmente deixei de ver e nunca voltei a cruzar e está tudo bem assim. Estou entediada. Lá fora, na cidade, se nota ruído de cidade, as sextas à tarde, ruído de cidade de sexta à tarde. Aqui não, aqui, em certo sentido, é sempre a mesma hora, o mesmo dia. Lá, as pessoas vêm e vão a toda velocidade, se movimenta. A toda velocidade. Eu, aqui, estou quieta e cansada, me canso, porque estou entediada, me canso quando estou entediada e tenho vontade de dormir, só vontade de dormir, somente. Sempre as mesmas quadras, os mesmos bairros: o mesmo que, de repente, um dia, me dá a sensação de poder, outro dia, me esmaga. Sou eu, é minha impossibilidade. Aí, novamente, o único que te salva é a ficção. Isso quando você pode, quando te deixam acessá-la. O outro te engole. Não quero nem recreio nem obrigações ainda que, claramente, prefiro as obrigações. Não saberia o que fazer sem elas. Viver de evento em evento, como se a vida assim fosse. Ter filhos para passar o tempo, ainda que seja isso, para passar o tempo. O que não é pouco, passar o tempo. Me entedio. E já nem sei qual é minha ideia de aventura. Quero não querer, não necessitar nada. Já não necessito, já quase odeio a Rua Bogotá, somente porque não posso sair de lá, se já quase nunca estou lá, se já quase funciona somente como guarda-roupa e depósito de pó. Arruma para mim outro lugar para estar, onde ficar, que não seja aqui, ou sim, não sei, tratar de saber onde querer estar. Sair de lá é já um imperativo, ou não? E os livros e os discos, os deixaria para outro, ao novo inquilino, que fiquem com a casa, que fiquem aí, que percam sua história, que me percam, que me extraviem, que se esqueçam de mim, sem inquilina, sem inquilina. Já não quero mais, já não quero mais aí. Inconformismo e comodidade, tudo junto e ao mesmo tempo.

22

QUE DIA, MINHA NOSSA. ESTÁ DECIDIDO, EU VOU AMAnhã. Te deixo aqui. Fui comprar a passagem, mas não comprei; algo aconteceu no caminho.

Fui caminhando pela Avenida Alvear, muito tranquila, e quando estou para atravessar, já em frente à rodoviária, ouço uma buzina. Devo fazer esses parênteses, antes que você me julgue, de que eu tinha realmente – sério – tomado uma decisão. Pensei mais seriamente ou com mais frieza, sem tanta bobagem, em Manuel e no que tínhamos, no que temos e decidi, tomei uma decisão. Que não quero perdê-lo, que isso, isto, é minha vida agora e que não posso deixar tudo, tudo o que tenho, tudo o que, de alguma maneira, construí, por nada. Porque é isso, convenhamos, não há nada, na verdade, nada outro para mim, nada me esperando. Aqui, quero dizer, isso, aqui. Lá sim, em Buenos Aires, acredito que minimamente procurei um espaço de pertencimento que – por mais que me faz abandonar Esquel – não deveria menosprezar. Porque abandono e sempre vou abandonar e não é por você, viu. De jeito nenhum, antes que você morresse era igual, falamos sobre isso, antes que você morresse era igual de terrível ou talvez não igual, diferente, mas terrível de qualquer maneira. Além disso, sua morte não tem um lugar, pelo contrário, está morta em qualquer parte. Então é isso, digo para mim mesma que não é querer fugir, mas o contrário, é combater o querer ficar, porque eu ficaria, sempre poderia ter ficado, sempre vou querer voltar, isso já tenho claríssimo, mas também tenho claro, acho, é o que estou decidindo, que é precisamente essa distância, essa tensão, a que me sustenta. Esse desejo em direção a outra coisa. Se a mantenho, sucumbo. Se eu fico aqui, sucumbo. Isso eu já sei. Talvez, então, a dúvida destes dias não tenha sido outra coisa que sucumbir ou não sucumbir. Como com Julián, como se ele fosse esse pé na ponta do abismo de Esquel, ou o oposto, como se Esquel fosse esse pé na ponta do abismo de Julián, não sei em que ordem seria, mas são o mesmo, para mim, são o mesmo. Se eu fico, morro, me abandonaria por dentro, isso eu sei, isso já entendi. É uma pulsão muito forte, agora entendo, lembrei porque venho tão pouco, entendi porque me custa tanto voltar, é como uma vertigem, tem a lógica da vertigem. E eu me atiraria, como você me atiraria, como você, como a menina de *O tigre e o dragão*. É isso, pulsão de morte, de abandono, uma pulsão.

Bom, é isso, que então eu tinha decidido voltar amanhã no primeiro ônibus que conseguisse, a qualquer hora, para chegar o antes possível a Buenos Aires, para seguir com minha vida. Minha vida. É curiosa essa cisão, falar desde este lugar, aqui, referir a minha vida como se fosse outra coisa, como se estivesse sucedendo em outra parte, como se fosse possível voltar a minha vida, a minha, a de alguém. Espero no semáforo para atravessar a rua, então, tocam uma buzina, a buzina vem de uma caminhonete e para. É Juli, é Julián na mesma caminhonete do outro dia. Não está sozinho, no banco do acompanhante, assim solto, como se fosse um pacote, está o filho, seu filho, Leon. Não posso acreditar. O pequeno fica do meu lado. Me aproximo da janela e ele me olha, os dois me olham. Julián parece feliz, surpreso e feliz, quer saber para onde vou, se eu quero uma carona para algum lugar, respondo que não, que vou ali em frente, na rodoviária, comprar a passagem. Mas você já vai, me pergunta, e respondo que sim, que o antes possível, que hoje à noite ou mais tardar amanhã, me pergunta se estou escapando, você está escapando, me diz, com picardia, e dou um sorriso fundo, pela conversa inteira, pela provocação. É o teu?, é a pergunta retórica que faço em seguida e o menino me olha com os olhos bem abertos, castanhos, castanhos claros, muito parecidos aos de Juli e o pai nos apresenta: Este é Leon, esta é a Emi, Emília, minha ex, olha, ela não é linda? Ela poderia ter sido sua mãe. Você é um filho da puta, limpa a cara dele ao menos, idiota, está todo cheio de ranho. Meto a mão pela janela e tiro uns catarros secos do menino com o babador nojento que tem preso no pescoço. Me emociono. Não posso acreditar e queria evitar isso a todo custo, mas me comovo. Que merda de instinto feminino, ou maternal, não sei que merda será. Algo como essa mania de ter bichinhos de pelúcia, isso, essa estúpida sensação/necessidade de pelúcia. Claro, não é por todos, em geral os bebês não me importam, não me importam mais que os adultos; tem alguns que me caem bem e outros que não, como tudo, sua condição não lhes exime nem favorece. Mas este em particular — sou tão óbvia — eu gosto. É arisco, como Juli, posso me dar conta. Me olha com desconfiança, e que bem que age assim. Tem a sobrancelha franzida e me olha com atenção. Me examina. Eu digo oi baixinho e ele nem me dá bola, me olha fixamente. É todo o contrário de um menino demagogo. Isso eu gosto. Dentro de não muito tempo, quando começar a falar, provavelmente vai ser sarcástico que nem o pai. Cativante. É lindo o pirralho, digo, de mal humor. Sim, me diz, é bem genioso. E, além disso, se dá conta de tudo, me diz seu pai. Me cai bem, adiciono. Quer que eu te leve, me pergunta, o olho desafiante, e o relembro de que vou só a uns metros dali. Não, não, me aclara, amanhã de madrugada vou para Trelew, tenho que levar uma encomenda, se te servir posso te levar. E o que eu faço em Trelew? Pega um ônibus de lá. Faz mil anos que não vou para Trelew. Pergunto se tudo bem isso, me diz que acha que pode ser bom, e eu penso que realmente seria, que é uma grande oportunidade de ter Julián só para mim, por última vez provavelmente, e compartilhar uma viagem com ele, com ele e através do deserto. Mas estar voltando, ao mesmo tempo, estar voltando. Não posso acreditar no feliz e atinada que foi essa proposta, faz tempo que não me empolgo com alguma coisa. Tá, respondo. Combinamos de ele passar e me buscar amanhã. Me despeço do pequeno Leon com um beijo na cabeça, ele não emite nenhum som, só fecha os olhos, sua cabeça tem cheiro de coisas, um pouco a bebê e outro pouco a fluidos de bebê e outro pouco a fritura. Dá um banho nele, filho da puta, tem cheiro de bife a milanesa, digo ao seu pai e o pequeno me olha com os olhos bem abertos, como que aconselhando a me comportar bem, como um aviso. A gente se vê amanhã, diz Julián e arranca com o carro. Me despeço com a mão pra cima, Leon me responde, levanta sua mãozinha, a agita um pouco e a mete na boca, a mão cheia de sujeira e catarro.

Quem diria, toma essa, uma viagem com Julián, em caminhonete, através do deserto. Cinco minutos antes, um minuto antes da buzinada eu me dirigia à rodoviária para acabar com tudo isso ou, pelo menos, para me afastar ou, pelo menos, para por uma distância prudente e agora – Rá! – me encontro embarcada em uma perigosa e atrativa, para não dizer excitante, viagem através do deserto com o cara pulsão de morte. Uma boa oportunidade para morrer talvez? Pisar fundo e nos espatifarmos com a caminhonete, morrer destroçados os dois, os dois juntos em alguma estrada de pedra, furar um pneu a toda velocidade e capotar, encontrar algum animalzinho na estrada a toda velocidade e tentar se esquivar e não poder, não poder esquivar e investi-lo com tudo e que entre, que rompa o vidro e entre na cabine com a gente, que nos invista e nos desconfigure, pela pressão, pelo peso de seu corpo e os vidros, morrer, morrer juntos e que nos encontrem vários dias depois, muitos dias depois, talvez uma família, talvez outro viajante ou um ônibus, um motorista de ônibus, nós, despedaçados e ao sol, já parte comidos pelos urubus, pelas fuinhas, já meio assados pelo sol do meio-dia, meio perfurados pelas larvas, larvas de mosca que já terão criado seus ninhos debaixo de nossa pele, apropriando-se de nosso corpo? Nada mal, uma tragédia, duas vidas literalmente destroçadas, isso diriam os jornais, duas famílias destruídas, em Esquel, em Buenos Aires, duas crianças órfãs, um deles por nascer, que tragédia e, no entanto, o destino: os mais próximos entenderiam isso, o do destino, você entenderia, por mais contra que esteja, por mais contra que esteja com esta viagem que empreendo agora, que aceito, que escolho, você entenderia. Não te sobraria outra coisa se não entender. E sim, morremos juntos, assim deveria ser, esse era seu destino, descansar juntos por toda a eternidade. Aí deveriam nos deixar, apodrecendo debaixo do sol, pegados à estrada no deserto, entre Esquel e Madryn, para que a ordem seja restituída, para que seja reconstituído, o tornar-se pó e alimento do verme e adubo da minhoca, de terra desértica, que não nos necessita, que não nos absorve, gordura, duas manchas de gordura sobre a terra infértil, seca, craquelada, isso estaria bem.

23

PASSO NA CASA DO MEU PAI PARA ME DESPEDIR. TENHO a prudência de não comentar nada sobre meus planos, do plano de me fazer merda no deserto junto com Julián, porque tenho uma relação visceral com ele, irremediável e inconciliável. Não lhe conto nada, quero dizer, sim lhe conto que Julián vai me levar, isso sim conto e só isso basta para que ele me olhe de lado com cara de já sei que, já conheço essa cara, a de você é terrível, Emilia, é terrível, sim, ele já sabe, sabe que não posso evitar, sabe que é mais forte do que eu e comprova — agora — que isso não mudou. Me pergunta, não sem malícia, e é tudo o que vai me dizer a respeito, me pergunta se vai toda a família ou se só nós dois. Outro sorriso falso de minha parte e um tapinha no braço, pelo atrevimento, pela agudeza, pelo apropriado, pelo comentário.

24

AQUI, TRATA-SE DE UM CASAL LÁ PELOS SEUS SESSENTA
anos. Ele, uma cara de *psycho* que aluga casas de praia; ela, sorriso, peruca, dentes lustrosos/novos. Sorriem, abraçados, em
todas as fotos. Ele compra um carro para viajar com ela. Dias
depois – mais uma vez, modus operandi – ele declara que
ela partiu, fugiu, com o carro. Há testemunhos que dizem
ter visto uma mulher suspeita com esse mesmo carro longe
dali. A mulher misteriosa entra em um caixa eletrônico, saca
dinheiro com seu cartão, o cartão de Denise, o seu, as câmeras
de segurança a filmam, é certo, mas ela tem algo estranho.
Seu marido fala pelo rádio, lhe suplica que regresse, mesmo
que seja pelos netos. Num tom lamentoso pede pelo menos
que tenha piedade de seus netos. Dias depois chega à família
dela uma carta de despedida de sua mãe, uma carta suicida. Se
lamenta na carta, se desculpa por não ter podido ser uma boa
mulher para George – o viúvo. Dias depois alguém encontra
o suéter e a bolsa da senhora nas margens do mar. A hipótese
se confirma: suicídio. Mas a filha não se dá por vencida: nega
que a letra da carta seja de sua mãe, tem algo que não fecha.
Analisa-se, então, uma parte do envelope, aquela que sela com
saliva. E o DNA encontrado não é de ninguém menos que
George. O apertam e ele confessa: a matou com um golpe
na cabeça e depois a levou para seu lugar de trabalho e inci-
nerou seu corpo em um forno de fundição. Tudo o mais foi
fingimento. E – claro – a mulher misteriosa que foi vista em

seu carro não era outra pessoa que não George disfarçado de Denise / com a roupa de sua esposa / com a roupa de Denise. Curioso que com esse nível de ficção em cima, omitisse o detalhe da saliva no envelope. Outra vez aquilo da fagocitose, da deglutição, em família. Tudo fica em família.

25

COMO COM SEUS PAIS, UMA COISA ASSIM, INFORMAL. A sua irmã eu nem cheguei a ver, só me despedi por telefone; acho que para ela também foi mais cômodo assim. Inclusive até chegou a se mostrar um pouco carinhosa, acho que disse algo do tipo *bom te ver* ou *boa viagem* ou *se cuida* ou algo assim, surpreendentemente. Pra Vanina nem liguei, não tinha vontade, depois mando um e-mail de Buenos Aires. Não tinha vontade de enfrentar suas perguntas, nem de fazê-las, não poderia; então nem me despedi. Quando cheguei em casa, na sua casa, já era de noite. Não era muito tarde, mas já tinha anoitecido. Cheguei com algumas compras, o mínimo que eu podia fazer para agradecer a seus pais. Comprei uns vinhos bons e um pouco de frios, para um aperitivo, um pouco de *jamón crudo* que seu pai adora. Ele ainda não tinha chegado, então fiquei com a Úrsula na cozinha, conversando. Estava lavando umas verduras, contei que eu ia embora na madrugada, e em seguida começou a preparar o jantar de despedida. Não pude dizer que não. E nem queria. Disse que tinha conseguido achar verduras frescas, suculentas, e que queria fazer um ensopado, como negar? Fiquei aí com ela então, ofereci ajuda, mas ela não quis; em troca, me coube cevar uns mates e contar em que eu tinha andado nesses últimos dias. Então lhe contei toda a situação, a sequência de encontros com Julián, em que medida tinha me afetado isso, do pouco que eu tinha resolvido todo esse assunto, de Manuel também, falei de Manuel também, da ligação, da minha confusão, da impossibilidade de saber, de me entender. Falamos dele e de seus filhos, do que sua mãe sabia a respeito. A paisagem que me armou era muito menos idílica do que eu tinha imaginado. Ela sente muita pena de tudo: Juli, a menina, o bebê. Eu quis saber por que pena e ela que, bom, que ela imaginava outra coisa quando pensava em uma família, que Julián mal conhecia a menina quando ela engravidou e que a menina não estava preparada para ser mãe, tadinha, mal tinha terminado o colégio e que isso se nota, que o corpo é sábio, que por que eu achava que ela tinha essas gravidezes tão difíceis? O corpo é sábio, comunica, e que a menina tão jovenzinha não possa ter uma gravidez saudável alguma coisa significa. Que, bom, que para o homem era diferente, que ela via Julián ir e vir com o menino, quando tinha vontade, porque ele seguia trabalhando, seguia com sua vida, sai, vê seus amigos, e que, em contrapartida, a menina passa o dia na cama. Que não diz por ele, que não lhe parece mal que ele siga com sua vida, mas que é preciso pensar melhor antes de fazer as coisas, que um filho não poderia ser um capricho, um passatempo ou algo para preencher o vazio, para ter algo para fazer, que não pode ser tão irresponsável, tão egoísta. Isso, que, em certo ponto, é egoísmo, porque essas crianças, essas pessoas, são pessoas novas e é preciso ter algo para oferecer, recebê-los com algo, com as melhores intenções ao menos, e nem sequer. Que nem sequer isso era suficiente, as boas intenções. Que, para ela, dá um pouco de tristeza a inconsequência, um pouco de impotência. Me fez bem escutá-la, porque, em um ponto, me desmitificou todo o assunto e me lembrou do complicado da paternidade, toda essa coisa da responsabilidade e do eterno, do que significa alguém novo, uma pessoa, mas, por outro lado, penso, e inclusive disse, que é necessário um certo grau de inconsequência para conceber, para ter filhos. Que, em um ponto, tem que ser como uma espécie de jogo, porque se pensar duas vezes você não faz, não faz mais/nunca. E ela que sim, que bom, que pode ser, mas que definitivamente essa menina não estava podendo desfrutar da maternidade, nem ao menos das gravidezes, porque está todos os dias na cama, como convalescendo, como se os filhos ou a maternidade a adoentassem em vez de curar, de ser um evento feliz, de trazer alegria e que ela, pessoalmente, não desejava isso a seus filhos. A suas filhas, disse, e imediatamente fez um gesto com a mão como que me incluindo em seu comentário, me incluindo em isso de suas filhas, suponho, ou pelo menos nisso da maternidade. Depois, já fechando a panela de pressão do ensopado, me disse que, a respeito de Julián, ao que eu tinha comentado da minha confusão, da minha angústia, que eu levasse com calma, que desfrutasse da viagem e de revê-lo, depois de tanto tempo. Certeza que vocês têm um monte para conversar, de coisas para dizer um para o outro, para colocar em dia; que desfrutasse isso e não me sentisse obrigada a saber, isso, sobretudo, que uma pessoa nunca termina de saber tudo sobre tudo, que as coisas, os fatos, definitivamente, decidem pela pessoa e que me deixasse ser. Isso, que me deixasse ser. Essa frase, curiosamente, sempre me remete tanto ao *se deixar estar*, ainda que seja o oposto.

Então chegou Jorge e abrimos o vinho e comemos jamón crudo e tomamos ensopado e depois ainda sobrava vontade de jogar umas partidas de tranca. Seu pai pegou o Chivas e tomamos umas quantas doses e o tempo todo Ali esteve superacomodada no meu colo, durante todo esse tempo que nem saímos da mesa. Imaginei que devia estar percebendo a minha partida. Ou pelo menos eu gostei da ideia de que ela sentiria minha falta. Depois notei que Úrsula já estava fechando os olhos, então nos despedimos. Insistiam em levantar de manhãzinha para se despedir, preparar um café ou algo, uns mates, sua mãe principalmente, e eu que não tinha vontade de tomar nada a essa hora, que já era tardíssimo e que provavelmente eu nem fosse dormir, mas que eles fossem dormir tranquilos. Me abraçaram, foi muito emotivo, mas um emotivo alegre; sua mãe me disse se cuida, olhando dentro dos meus olhos e depois adicionou um aproveita; Jorge me deu seus tapinhas, já clássicos, nas costas, pediu que enviasse um abraço a Ramiro e quando já saía pela porta, me disse vamos ver quando nós tomamos outro vinho branco em Scuzzi. Ri e respondi quando quiser, e foram dormir. Fiquei com Ali, de pé, na cozinha, ela se alongando no piso, espreguiçando e considerando/examinando qual seria seu próximo lugar de repouso.

Decidi que não iria dormir. Já estava bem alegrinha, e não tinha vontade de dormir nas minhas últimas horas em Esquel.

26

REFIZ A MOCHILA, NÃO TINHA MUITO QUE GUARDAR.
Levei o CD de Counting Crows, com sua permissão, e decidi
levar sua jaqueta também. Vestida. Vou com ela, vestida. Fico
dando voltas pela casa, decido ver tevê. Quando vou buscar os
fones no movelzinho para não incomodar seus pais, descubro
uma discreta coleção de VHS, a maioria fitas gravadas com
títulos de filmes escritas à mão. Com diferentes letras, dos integrantes de sua família. Alguns têm sua letra, Caindo na Real,
por exemplo. Não posso acreditar que ainda exista, não posso
acreditar que tenha sobrevivido às horas e horas de exposição
as quais submetemos esse filme. Pensei que tínhamos gasto, literalmente. Mas não. Agora já sabia o que ia fazer na próxima
uma hora e meia. A princípio, me custou um pouco o *tracking*,
o filme começava no meio de um episódio de Os Simpsons,
um dos primeiros, o da babá Pots. Uma pena, também estava
com ânimo para assistir isso. Bom, coloco os fones, aproximo
a poltrona da tevê e Ali se acomoda de novo no meu colo,
não sem antes me amassar com suas patas e garrinhas, se afo-
fando até a inconsciência, até cair no sono.

Bom, aí vão Winona Ryder e Jeannine Garofalo no carro,
cantam, provocam Ben Stiller e aí começa tudo. Ben Stiller!
Se saiu bastante bem ao final, com aquela cara de desenten-
dido, agarrando o pinto com o zíper e enfrentando inúmeras
situações escatológicas que possam ocorrer com alguém. Esse
é o primeiro filme em que o vi, e me atrevo a dizer que foi
o papel mais dramático da sua carreira. Me lembro de que eu

tinha gostado de Ben quando vi esse filme, quando assistimos naquela época, de yuppie caucasiano. Quem não foi tão bem foi sua companheira Winona, que tanto prometia. Ou não? Ou não prometia? Acho que ela ficou presa nos noventa, não pôde superar a mudança de século. Tem algo mais anos noventa que Winona Ryder? Provavelmente algumas coisas mais, mas ela sem dúvida está no *top ten*. Pobre Winona, agora revejo, e noto que sobreatua. Mas esse era seu código, ou não? Era parte de seu encanto. Todas queríamos ter o penteado de Winona e que nos ficasse tão bem quanto ficava nela. Aqui está preciosa, e para mim é o melhor papel que fez. Esse e Minha mãe é uma Sereia e Os fantasmas se divertem também. Mas eu fico com essa, aqui está belíssima. Em Caindo na Real, Winona, você brilhará para sempre. Depois está Ethan, o mais respeitável dos três, acho. Não trabalha tanto, procura atuar em coisas mais ou menos interessantes, esteve casado com a Thurman. Neste filme, ele e Winona fazem um casalzinho charmoso e fofucho. Tem algo de espírito juvenil, bastante barato, mas efetivo de qualquer forma.

Não sei se é bom o filme, acho que não, mas também não importa. A trilha sonora resiste, segue sendo boa, Garofalo é uma grande companheira com seu vozeirão, a cara de bolacha e sua franja e o filme tem algumas cenas que ainda seguem funcionando. Como esse primeiro diálogo entre eles, caminhando pela cidade, com esse discursinho de *you and me and coffee and cigarettes* e não necessitamos nada mais que isso, algo assim e depois a cena de quando se beijam, quando finalmente se beijam, que ela está numa espécie de pijama-roupa-de-ginástica muito sexy, e por fim se beijam contra a geladeira, e aí você quer morrer, porque isso segue funcionando. E no final também, quando ele desce do taxi e está aí de pé, de terno marrom, depois de planos e mais planos da Winona, enchendo cinzeiros de bitucas e recebendo assistência psicológica por telefone; ele está aí, ela está aí, e se amam e tchau, não necessitam mais que isso, basta/ alcança apenas com ter um ao outro. Esperançados. Mas às vezes, agora, por exemplo, cai bem este tom, esta mensagem de esperança de pensar que com o amor basta, com o amor, o tabaco, o café e um par de ideais, ou nem isso, um par de princípios, ou não? Pelo menos em Houston dos noventa parecia funcionar, ou não? Desligo a tevê e já não falta tanto para ir. Vou até a cozinha. Levanto a Ali, se desperta um pouco, mas rapidamente volta a se acomodar na poltrona. Me deu vontade de tomar café. E de fumar. Mas não tenho. Nem tabaco nem maconha. Isso será por conta de Juli. Então ponho o café para passar – que cheiro bom – e preparo uns sanduíches de salame e queijo para a viagem. Com maionese para Juli, com pasta de amendoim para mim.

27

ESTOU PRONTA. ANTES DE PARTIR COMPLETAMENTE, umas sessões de amor com Ali. Vou sentir a falta dela, me dá pena ir e deixá-la. E não poder explicar. Não poder dizer por que vou e aonde. Ou levá-la comigo, um tempo, como um pai divorciado. Regime de visitas, direito ao gato. Sento na poltrona para aproveitar com ela. Ela se ajeita em cima, dá umas voltas até encontrar a posição perfeita, a curvatura adequada. Deixa que eu a acaricie, se deixa ir. De repente, me morde. Me machuca um pouco, mas a entendo. Eu sei que ela sabe. Sei que ela sente que eu estou indo. Então deixo que ela se irrite e manifeste sua irritação. Está bem assim. A acaricio muito delicadamente, do jeito como eu gostaria de ser acariciada se tivesse tanto pelo, e funciona. O lindo é que não há teorização: sei que ela nunca vai poder fazer isso comigo e isso faz com que meu gesto seja incondicional e eu gosto que seja assim, incondicional. Temos nosso momento de amor, o intercâmbio é intenso, vou ao ritmo dela, vou por ela. Escuto uma buzina, nós duas nos assustamos e Ali, mais uma vez, me morde. Esta é a nossa despedida. Levo os furos de seus dentinhos no meu dedo indicador. Não é pouco. Em seguida escuto umas batidinhas bem de leves na porta da cozinha. Vou correndo até o banheiro, me olho no espelho, levo sua jaqueta, não me desgosto nesse momento, agarro a bolsa, a mochila, olho ao redor e saio. Na porta está Juli, remelento, com sua japona. Me cumprimenta com um beijo carinhoso, um abracinho e leva a mochila. Joga na parte de atrás, na caixa da caminhonete, debaixo de uma lona. Que contorno hein, me diz quando estou dando a volta pela frente para entrar pelo lado do acompanhante. Já me sinto uma mãe abandônica, queria sequestrá-la e levá-la comigo, mas me lembro que os gatos são, apesar de tudo, de um lugar. Penso então, também, em Cora. Penso na minha mãe, sou previsível, já te disse. Que terá sentido ela quando deixava tudo para trás? Se eu me sinto assim com Ali, sua gata, depois de uma semana de convivência... Que merda pode ter passado pela cabeça desta mulher para deixar para trás – em bando e para sempre – a um marido e dois filhos? Dois pirralhos de um ano e meio e três anos, quem tem esse atrevimento? Como pode ser? Com que merda teria se encantado tanto ou tão pouco como para se safar e mudar, desaparecer/se desintegrar dessa maneira? Tão mal levava a vida com meu pai? Eu diria que não, por como ele se lembra dela; nunca se mostrou muito arrependido a respeito disso. Além disso, meu pai não era uma pessoa violenta, isso está claríssimo. Talvez nem sequer tenha tido um motivo muito determinante, talvez simplesmente não foi o suficiente, algo de nós, do combo familiar; algo como o que oferecíamos não lhe bastava, não lhe bastou e foi embora, um dia simplesmente foi embora. Cora se mandou e se mudou. Você se mandou, Cora, que feio. Talvez nem sequer tenha pensado antes de ir embora, só foi e morreu, isso pode ser também, pode ter sido isso, foi morrer longe, se escondeu para morrer em algum outro lado, fora do alcance de nossos olhos, longe de nosso olhar, como os animais, como alguns animaizinhos. Durante anos sustentei essa hipótese: não poderia suportar a ideia de que minha mãe me/nos deixou para começar uma vida melhor, ou somente uma vida diferente, em que lugar isso nos colocava? Pensar que não fomos crianças suficientemente encantadoras, não, esse pensamento era bastante doloroso. Então preferi sustentar, durante anos e sempre intimamente, a hipótese de que minha mãe tinha tido o heroísmo de ir morrer em outra parte; que sofria de, não sei, um câncer terminal, aterrorizante, que a matava pouco a pouco de uma maneira espantosa, ia — talvez — deformando, como carcomendo, por isso de que o câncer eram células degenerativas, o único que eu podia imaginar como foto de degeneração era algo deforme, a deformidade; então que ela teria preferido que nós a recordássemos sempre jovem e bela, e teria ido morrer com dignidade e oculta, em alguma outra parte, nas montanhas talvez. Anos sustentei, então, não só que minha mãe estava morta, mas que tinha ido morrer em outro lugar. Não sei por que nunca mais soubemos nada mais dela, é estranho que nunca tenhamos escutado nada mais dela. Faltou vontade, eu acho, dela, nossa. Claro, uma vez abandonada a hipótese da morte na distância, eu teria que vê-la como aquilo da mulher independente, a Nora Helmer do sul/patagônica que disse para mim basta e bateu a porta, tudo muito lindo na literatura, mas uma merda para quem ficou do outro lado dessa porta esperando um pouco de carinho. Ou uma ligação, uma carta, algo. Ou pelo menos, uma notificação de óbito. Ou um postal do Caribe. Ou uma foto com outra família, uma nova, estrangeira, do outro lado e ela, com outro homem. Teria passado a se chamar Greta ou pior, algo mais eslavo, algo russo, com muitas consoantes juntas, impronunciável para nós, e tinha isso, outra família russa e se vestia como russa e era comunista. Isso também. Contemplei a possibilidade de que minha mãe, por erro, teria ficado do outro lado da cortina de ferro e já não pudesse voltar. Teria ido viajar, a ventilar as ideias um pouco, a aclarar a mente, deu uma volta na Praça Vermelha (que em minha imaginação era, de fato, toda vermelha, vermelha e branca na verdade, com edifícios como *lollipops,* como pirulitos, vermelhos e brancos, em um degradê em espiral) e quando quis voltar, porque se deu conta de que era conosco que queria viver para sempre, tinham fechado a fronteira e não pôde sair. E então se tornou comunista. Terminou casando com um russo e tendo filhos russos, por obrigação, e se vestia de cinza, todos se vestiam de cinza, com a mesma roupa e trabalhavam em fábricas, como autômatos, de frente para uma esteira, com um pano na cabeça, até que tocava a sirene e podiam voltar às suas casas, todas iguais, em silêncio, todos iguais. E depois, a cada tanto, chega uma caminhão com – por exemplo – sapatos para todos, ou brinquedos, e todos eram sempre iguais, todos os sapatos, todos os brinquedos; um sapato igual ao outro, um brinquedo igual ao outro, para que não existisse inveja/para erradicar a inveja, para que não houvesse roubos ou a necessidade de roubar. Isso era comunismo para mim, assim eu o tinha imaginado. Assim vivia minha mãe e não podia se comunicar, nem sequer enviar cartões postais porque não lhe permitiam, porque revisavam toda a correspondência e se descobriam que ela tinha outra família em outro lugar do mundo, uma vida dupla, lhe cortavam a cabeça. Então não restava alternativa que viver aí e sua vida não era tão ruim, só muito igual à de todos. Depois, em algum momento, também abandonei essa hipótese, se esfumavam de um dia para o outro, por mais intensas que fossem enquanto duravam. Um dia, do nada, desapareciam, ou mudavam, como os gostos, como tantas outras coisas. E cada vez que eu abortava uma dessas teorias tão redondas, que desenhavam tão bem sobre si mesmas e permitiam que eu fosse dormir todas as noites, inventando novos detalhes a essa outra vida (ou morte) de minha mãe, reaparecia a hipótese mais temível, a mais dolorosa de todas: a hipótese Nora, aquela da temerária mulher independente, maliciosamente rebatizada na adolescência como "digamos, Cora nos deixou por uma rola" ou mamãe Cora, claro, isso também deu o que falar. Claro que nunca confrontei nenhuma dessas teorias com meu pai, não, senhor, não era um tema do qual se falava, sobretudo, não era algo pelo qual ele se referia nunca. Tinha fotos, sim, deles, nos setenta. Eram lindos e pareciam bem, principalmente muito lindos. A moda os favorecia. Meu pai era magrelo e Cora bastante carnuda. A ela evidentemente não puxei; Cora é bastante Ramiro. Ou seja, o contrário. Eu puxei meu pai. Cora era de Buenos Aires, no melhor dos casos, voltou para lá. Era a hipótese mais certeira e nada, nada interessante. Durante a adolescência, Buenos Aires significou para mim o lugar mais desejado e mais horroroso ao mesmo tempo. Por um lado, o imaginava feio, cheio de gente com pressa o tempo todo. Um engarrafamento de carros, taxis, ônibus, ruídos e pessoas, pessoas, pessoas. De fato não era uma ideia completamente infundada: fomos aí uma vez, com meu pai, por um trâmite, uma burocracia que teve que fazer em Buenos Aires e ficamos na casa da tia, irmã dele, que vivia lá. Aqui. Não, agora é lá. E a lembrança que tenho dessa viagem, não sei, eu teria uns cinco anos, é de atravessar a Avenida Libertador na altura de Retiro (agora sei onde é, na minha lembrança era só uma avenida grande) e tentar chegar ao outro lado entre as pernas, centos de pernas, que vinham de frente, que se moviam para cima de mim, como em fuga; era passar ou morrer tentando e ao mesmo tempo não perder a mão de meu pai, não me deixar levar enganada por outra mão e terminar vai saber onde. Esse cruzamento me produzia uma mistura de pavor e adrenalina extrema; o pavor, a adrenalina, suficiente como para insistir ao meu pai que fizéssemos outra vez, mais de uma vez, atravessar a floresta de pernas em movimento, todas furiosas, todas enormes, todas vindo em direção oposta. Poderia dizer que essa imagem ilustra bastante bem a configuração de Buenos Aires na minha cabeça: essa excitação, esse medo da perda, de se perder, de morrer literalmente pisoteado/esmagado e, no entanto, o desafio, o desafio de evitá-lo, de sobreviver aos joelhos dentro de seus ternos e meias, de ganhar dos saltos, das solas, das bolsas, pastas e maletas e chegar — ileso e de mão dada com alguém — ao outro lado. Agora que penso, minha percepção de Buenos Aires não mudou tanto, só que, na versão nova, meus joelhos estão na mesma altura daqueles e minha cabeça muito mais acima e algo, alguma coisinha da cidade, entretanto, já me pertence, um pouco que seja. Eu acredito que algo do PH do lugar em que vivemos, entre tanta coisa, já me pertence. Ou não? Algo, um pedaço de parede, de piso, de madeira do piso, uma louça, algo. Eu acho que a esta altura, algo da Rua Bogotá me pertence.

Depois, quando adolescente, quis saber algo sobre Cora. De verdade, saber de verdade. Já adolescente, perguntei. Perguntei de verdade. Meu pai não sabia bem, mas sabia bastante. Tinha um endereço, inclusive, em caso de que isso acontecesse, que algum de nós quisesse saber. Meu pai me deu o endereço de Cora, Cora vivia nos Estados Unidos. Meu pai sempre manteve esse endereço, por via das dúvidas, pelos assuntos de vida ou morte, literalmente. Até então, a única informação séria que eu tinha obtido como resposta às minhas perguntas infantis era que minha mãe biológica tinha ido embora e não podia voltar e que também não voltaria, mas por quê? Porque não. De adolescente eu quis saber. Que minha mãe não estava morta, acho que — na verdade — eu sempre soube, porque ninguém nunca disse o contrário, exceto eu. Exceto eu, quando na escola me perguntavam pela minha mãe e eu dizia que não tinha, que era órfã, como essa gente das novelas da tevê, sempre tinha alguma referência à mão, órfã como essas, sofridas e trágicas, com destino de amor. Acho que em algum momento terminei por me convencer de que era assim. Mas não era, e Cora vivia nos Estados Unidos, em Novo México, em algum lugar. Não era tão, tão fácil encontrar com ela também, porque ela não vivia exatamente em uma casa ou sim, era uma casa, mas não uma casa em uma rua, mas sim um lugar mais estranho. Uma vez, quando eu era adolescente e quis saber, escrevi uma carta para Cora, uma carta. Escrevi e mandei por correio, uma carta em direção aos Estados Unidos, desde Esquel. Uma carta minha para uma mãe, minha também, mas que não queria ser. Na carta eu colocava que era eu, que era Emilia, sua filha e que queria saber dela, e que como estava, e que se tinha algo para me dizer que me dissesse, que podia me escrever. Cora demorou muito, muitíssimo, em responder. Ou sua carta demorou muitíssimo em chegar. Quando chegou, eu já não a esperava. Então a recebi com bastante ceticismo e receio. A carta era muito breve e escrita em um péssimo espanhol. Essa mãe, era claríssimo, já não dominava nossa língua. Sua carta não era nem acolhedora nem desacolhedora, era esquiva. Que se alegrava de ler sobre mim e de saber que estou bem. Que esse não era exatamente seu endereço, mas que eu podia direcionar para esse, que ela receberia as cartas com alegria. Que sua vida tinha começado a ser luminosa finalmente e que Novo México era seu lugar para estar, *New México* dizia ela. Que ela podia perceber que eu era uma pessoa sensata e bem educada, com ferramentas para se dar bem na vida. Que isso a enchia de alegria. E que nos abençoava, ao meu irmão, meu pai e eu, que meu pai era um bom homem, que eu soubesse disso. E que tenha uma boa vida e até sempre. Ou seja, nada concreto sobre o que fazia, com quem vivia, se tinha formado outra família ou não, que significava isso da luminosidade? Sem nem querer saber nada de concreto sobre mim também, nem um arrependimento, nada. O nada pelo nada. Uma espécie de faísca de mãe que nem chega a ser faísca, um raiozinho de luz, uma sensação e nada mais, e o silêncio outra vez. De mãe, nada. Saiba que eu não chorei muito, fizemos essas paródias de uma mãe hippie, mas hippie de mentira, hippie desconectada, hippie demais, Cora e seus panos, Cora e a luminosidade. Depois, um pouco mais velha, voltando sobre o assunto, meu pai deu a entender que ela sempre foi depressiva e um pouco desconectada e que aparentemente não lhe caiu nada bem isso da maternidade, que de alguma maneira, isso fez com que ela pirasse e não podia com isso. Que depois do meu nascimento se deprimiu por completo, que tinha uma amiga no Novo México que a tinha convidado para passar férias, para se recompor e descansar, só que a senhora não voltou nunca, resolveu se desfazer de tudo, de sua ex-vida, por carta e por telefone. Que tal? Pobre Cora, então, melhor perdê-la que encontrá-la. E meu pai com todo esse bando de pirralhos e a mulher abandônica, logo uma com instinto maternal pifado, o que achar disso. Eu não a posso julgar, nem vontade tenho, por aí andará, em túnica, no deserto, a cavalo, pelada, fazendo casaco de couro ou atendendo em um posto de conveniência de um posto de gasolina de estrada, vai saber. Sem cuidado não me deixou, mas o que eu posso fazer?

28

AINDA É DE NOITE QUANDO VAMOS PARA A ESTRADA. Quero tanto esse momento, me dou conta disso. Tudo deste momento eu quero e eu gosto, até o frio: sair para a estrada de madrugada, ter uma garrafa térmica e um mate aos meus pés, pronto para ser cevado, biscoitos na sacola, o caminho através do deserto, a companhia de Julián, sua proximidade, estar afundada na sua jaqueta, repousar minha nuca no capuz contra o couro, a courina do banco, o vapor nas janelas, a música, a música que vamos poder ouvir, todas essas músicas. E falar, poder falar com Julián e talvez não falar, poder escolher não falar, isso também. Cheia de possíveis algos, assim eu me sinto, assim estou. Ao meu redor, janelas. E do outro lado do vidro: Esquel, a montanha, a manhã, o amanhecer e logo, o nada, o vazio absoluto, um vazio absoluto, com manhã, com sol. No primeiro momento, estamos em silêncio. Paramos, colocamos gasolina, Juli me pergunta se eu preciso de alguma coisa, só digo que não com a cabeça, mal consigo negar com a cabeça. Ele sai para fazer o pagamento no posto, volta ao carro e me traz de presente um Sensação. Obrigada, eu digo, e o guardo no bolso da jaqueta. Sua jaqueta, nossa. Juli arranca, dá a volta na rotatória: agora sim, agora sim, estamos a caminho. Me diz para escolher alguma música, respondo que ainda não, que por enquanto estou bem com o silêncio, se ele não se incomodar de viajar um pouco assim, sem música e ele que não, que tudo bem, mas que então que sirva uns mates para que ele não fique com sono. Claro, como resistir, é esse exatamente o momento do mate, não poderia ser mais apropriado. Trato de cevar com a maior decência possível, omitindo o gesto do pozinho; não vai cair bem à nossa cabine aquecida a volatilidade do pó de erva mate. Coloco um pouco de açúcar no primeiro, pela acidez, e tomo eu. Juli não gosta dele doce. É um bom momento. Eu sei, sem que faça falta que o tempo passe, sem necessidade de que o futuro, ou seja, a distância no tempo, coloque algum valor, o ressignifique: já sei. Passo o mate para Juli e seu rosto volta a ter cor. Me conta que mal pôde dormir, não pude dormir nem por um caralho, me diz. Parece que o bebê passou a noite gritando. Não queria que você o deixasse, eu lhe digo, um pouco de brincadeira, um pouco séria, e conto que comigo o que passou foi que Alicia me mordeu. E mostro minha mão. Que quem é Alicia, quer saber e eu digo, digo que é a sua gata, se ele não se lembra, se já se esqueceu, e me pergunta se ela ainda vive. Que não é um hamster, que os gatos vivem uma boa quantidade de anos, que não seja ignorante, e ele diz é quase a mesma coisa. É quase a mesma coisa o quê, quero saber e ele é quase a mesma coisa, Alicia e meu filho, está sendo irônico, agora percebo. Me devolve o mate, sirvo. Tomo eu. Não, não é a mesma coisa, evidentemente não é, que, para mim, Ali não me amarra a nada, mas que eu também não dormi, mas porque eu não quis, essa é outra diferença. E o que eu fiz, ele quer saber, e digo que vi Caindo na Real, que qual era esse mesmo, vimos esse filme um monte de vezes. É a de... essa que ela larga o magrelo, o roqueiro por um workaholic com cara de nada, como era que se chamava esse cara que é muito engraçado? Sim, essa, já me lembro de qual era, a que ela faz um filme e quando vai ver é qualquer coisa, porque o workaholic vendeu e estão as caras deles nos pedaços de pizza e ela se ofende, isso falo eu, sim essa, que de onde tirei esse filme agora, estava aí na casa de Andrea, eu digo e sirvo outro mate. Enquanto isso, vamos deixando para trás Esquel, assim, sem mais, sem pena nem glória. Pergunto, então, se ele viaja muito assim, você viaja muito assim, pergunto. Assim como, ele quer saber, assim, uns dias longe, longe de sua esposa. Não chama de esposa, besta. Por que não, se é sua mulher. Bom, é mulher, pode dizer mulher se quiser, mas não diga esposa, esposa soa horrível. E, além disso, não é minha. Que moderno. Vai cagar. Sirvo outro. Para mim. Faço barulhinho com a bomba. Entendo que vou ter que mudar a técnica. Esta coisa do orgulho ferido já não cai bem, me dou conta disso. Vou ter que me recompor. Se não esta viagem vai ser muito pouco interessante.

Você casou porque queria ou porque te pareceu que era o certo, pergunto, sem olhar pra ele, enquanto passo o mate. Nós dois olhamos para frente, nós dois olhamos para o caminho. Não fala, pensa. Não sei, me diz depois de um tempo, ela queria casar, sua família é bem conservadora e não teve muita opção, íamos ter um filho, então que já seria um pouco isso, de qualquer forma foi uma coisa bem pequena, só para os íntimos. Que forte isso, digo, nunca teria pensado que você iria casar, ou talvez sim, mas não tão jovem. Ou pelo menos não com outra pessoa que não fosse eu. Se você não queria casar. E o que isso tem a ver, é o único que me ocorre responder. Eu também não, disse ele; eu também não − disse Julián − teria pensado nisso, mas assim foi, foi assim, e eu sei lá, aqui estou. Que forte isso, repito enquanto puxo a bomba e percebo, sei que é minha muleta de quando não sei o que dizer, de quando estou perplexa, que forte isso. Quero aprofundar; percebo que ele está disposto e quero aprofundar. É uma boa oportunidade e não só isso: realmente quero saber. Você está apaixonado, pergunto, a artilharia pesada, disse ele, começamos pelo pior, já despachamos o mais truculento de entrada, eu digo, assim podemos viajar tranquilo. Eu necessito, reitero, necessito saber, ele disse bom e pensa. E toma mate. Eu espero. E olho, olho para fora, para a paisagem. Faz muitos, muitos anos que não faço esse trajeto. Nem sei se já passei por esse pedaço alguma vez. Sim, uma vez, com meu pai, mas viajamos de noite, e de ônibus, e não me lembro de nada. Não sei, eu gosto muito dela, disse Julián. É muito frágil, termina. Ah sim, digo eu, buscando a garrafa térmica mais uma vez. Isso vende bastante. A fragilidade. Ou compram, compram bastante. Pode ser. Vocês se dão bem? Sim, Lala é muito tranquila, não tem como não se dar bem com ela. E isso é algo bom? Não sei, para mim, sim. Não me pergunto isso, ela é a mãe do meu filho, de meus filhos, isso já está feito. Paralisada. Sim, eu já sei que já está feito, penso e só digo sim, e adiciono um pouco para dissimular, outro pouco para me dar um pouco de ar: Você se incomoda que eu pergunte essas coisas? Não, me diz, e nos calamos.

29

JÁ NÃO QUERO PERGUNTAR. POR UM TEMPO NÃO TE-
nho mais vontade de fazer, perguntar. Tomamos mate, agora
só nos dedicamos a tomar mate. Ele não se surpreende de que
eu fique calada, de que não siga perguntando, quando acaba
de me habilitar para isso, a querer saber com liberdade. Mas é
uma pergunta que fiz por perplexidade, desde o lugar da perplexidade e agora não quero avançar mais. Ou não posso, provavelmente não possa. Fico com tudo o que ele me disse até
aqui, o que me confirmou. É curioso: não me alivia o fato de
que não esteja apaixonado por ela, ou sim? Não, porque isso
também não significa que ele me ame. Nem muito menos
que eu queira ou tenha vontade de que ele me ame. Porque
nem sei sequer o que acontece comigo, o que eu gostaria. E
porque tudo isso é uma grande babaquice: quem ama quem.
Parece ser bem mais confuso que isso: parece não saber muito
bem quem ama quem, se é que acaso alguém ama alguém, se
é que acaso alguém entende, sabe ou tem uma ideia clara sobre o que é amar, ou amor. Sobre o que é o amor. Que espanto, tem algo que não está bem, tem algo que, evidentemente, não estou fazendo bem. Ou julgando, julgando bem.
Ele disse que não a ama, tem bem claro isso, o que me faz
inferir que sabe sim o que é amar ou que sabe sim o que é
amor. Mas anuncia que gosta muito dela. E tem filhos e está
comprometido por toda a vida (ainda que seja através dos filhos, o que não é pouco) com essa outra pessoa. A quem —
isso diz — não ama, mas que gosta muito. Talvez não sinta falta

de amor, isso também. Talvez o amor romântico, assim, nesses termos, a meia laranja e toda essa baboseira não seja outra coisa que um ir atrás, sempre um ir atrás de algo que não chega. Não está tão mal, depois de tudo, que mantenha a distância, que mantenha a distância sempre. Quem quer ter? Há, por acaso, algo comparável a ter? Porque ter não é nada, já sabemos bem. Então, o que mais eu posso dizer? Nestes termos, estou no meu melhor momento da minha relação com Julián: não o tenho, já nunca poderei tê-lo, não me pertence e, no entanto, aqui estamos: um ao lado do outro, olhando para a mesma direção, em frente, para a estrada, em direção ao deserto e – mais adiante – em direção ao mar também, detrás de um vidro, a paisagem detrás de um vidro e nós indo em direção a ela, nos dirigindo, indo em direção. O que mais posso dizer? Counting Crows, claro que sim, é o que calha aqui. Estou de bom humor, estou com boas vibrações, uma vibração boa e profunda e estrutural, estou aqui e agora, e é, claramente, o melhor lugar para estar no mundo. Começa a tocar os primeiros acordes de "Round Here". *Tirin tin tirin tin tirin, tirin tin tirin tin tirin... Step out the front door like a ghost into the fog where no one notices the contrast of white on white. / And in between the moon and you the angles get a better view of the crumbling difference between wrong and right. / I walk in the air...* O que era isso mesmo? Me interrompe Julián. Pergunto se ele está falando sério, ele diz que sim, que lhe parece familiar e faz um ruidinho como que de dor e o acompanha com um gesto, esse ruidinho de dor de saber, de ter aí em algum lugar, de sentir que sabe, mas não conseguir lembrar, não poder lembrar do que se trata. Counting Crows, imbecil. Não, me diz, um não com um ã bem comprido. Digo que sim e digo que encontrei o CD meio escondido no seu quarto, que fazia anos que não pensava nele, neste CD e que estes dias passei escutando muito. Não eram muito bons, né?, me diz, e respondo que não sei, que não posso ser objetiva, que, para mim, vai muito mais além da qualidade musical, que não posso julgá-lo. E adiciono que esta faixa é muito boa, que "Round Here", que segue tocando, é muito boa. É linda, diz e me pergunta se não era no vídeo desta música que o cantor caminhava por umas ruas, que cantava pela estrada, numa jaqueta de couro e uns *dreads*, eu digo que não me lembro disso, mas que me lembro de outras imagens do vídeo, de uma planície, de um deserto de sal e de uma louca, uma mulher com uma mala, mas que sim, deve ser, porque o cara, o cantor, tem uns dreads. Me diz também, que se lembra de algo que fazia com as mãos enquanto cantava, algo particular, que não sabe muito bem o quê, mas que tem essa sensação. Não sei, pode ser, digo e coloco de volta, do zero, para que a escutemos. Sobre a introdução digo que é um bom CD para escutar na estrada. E aí nos calamos, pelo resto da música. Lá fora a paisagem foi perdendo o verde, foi se desertificando pouco a pouco, as montanhas se retiraram do horizonte e, em frente, só estepe. Uma grande sincronia: esta faixa e a paisagem. Se parássemos um pouco e baixássemos do carro com minhas coisas poderia ser a louca da mala, mas com mochila, uma questão de detalhes. Então, mais ou menos quando começa a faixa dois, e depois de comentar que esta, essa, é mais fraquinha, me conta, Julián me conta que Leon adora música e que o tranquiliza muito. Comento que isso escutei, que isso dizem, que as crianças gostam muito de música. Os gatos também, os gatos adoram música, os relaxa, se é uma música tranquila, claro. Nem bem termino de dizer e percebo, e percebo que fiz outra vez: voltei a comparar o filho dele com um gato. É o melhor que posso, é o mais parecido que tenho. De toda forma, ele não se detém nisso dessa vez, não repara, e me conta, risonho, que o pirralho adora um reggae. Rio, o provoco, digo que provavelmente também não teve muitas outras opções. Me conta que Lala (como me irrita esse apelido) coloca outras coisas também, música para crianças ou música clássica e que não é o mesmo, que o menino segue chorando. Mas com o reggae funciona sempre. Está contente, está algo parecido com orgulhoso. Me emociona um pouco vê-lo assim e, ao mesmo tempo, me dá náuseas. Pergunto se ele não tem medo, me pergunta de quê, ter um filho, digo. Medo? Sim, não sei, medo; medo de que aconteça alguma coisa e é responsabilidade sua, sua, como pai, não sei, como adulto, como alguém que é responsável pela vida de outro. Pensa. Depois me diz que não sabe, que não pensa assim. Que dito assim parece terrível, como pedir crédito ao banco ou algo dessa ordem, como ir preso, como ter vendido a alma, como uma condenação. Que não parece tão grave. Digo que não é que seja grave, mas sim algo transcendental/definitivo. Sim, diz que sim, que é, mas que nesse caso é um definitivo bom e que, como todas as coisas, uma vez que está aí deixa de parecer tão monumental e passa a simplesmente ser. Simplesmente é, diz. É o que tem para dizer. Que não é tão terrível, que você não deixa de ser você. Adiciono que, no entanto, ao mesmo tempo, você se desdobra. Não, pode ser, bah, não sei ao que você se refere com desdobrar, disse ele, e agora sou eu a que fica pensando. Mesmo que eu não saiba nem no que eu penso, no que estou pensando. Na realidade são todas especulações, isso penso que penso e isso digo, e adiciono também que o vejo nele, o vejo nele com isso, outra pessoa que é como ele, mas em miniatura, e que – a última vez que o vi – não estava, porque não existia. Que isso, para mim, me emociona e me parece milagroso, um milagre e não no mais feliz dos sentidos. Em qual então, pergunta ele, em qual quê, em qual dos sentidos, reitera; não sei, eu sei lá, no mais surpreendente ou surpreso dos sentidos, no mais atônito, em algum sobressaltado. Cala e retoma em seguida. Quer saber o que exatamente significa sobressaltado. Digo burro e dou um soquinho no seu ombro. Pentelha me diz e me empurra a cabeça com a mão direita. Olha para frente, dirige. Podemos não falar um momento de algo que não seja eu sou pai, me pergunta, e o lembro de quem foi ele quem começou com a história fofinha do filho rastafári, ele reconhece e insiste, então, que façamos uma trégua de ao menos uma hora, um momento. Aviso que por mim tudo bem falar de seu filho, ele disse que ele também, mas não só disso o tempo todo. E que quer que eu também fale, quer saber alguma coisa sobre mim. Que conto? Não sei o que contar, não sei ser sincera, não sei se tenho vontade. A última vez que me perguntou se eu tinha namorado não quis me escutar depois, lhe bastou, lhe bastou com essa informação, com o dado, e depois não quis saber mais. Não quero voltar a me expor a essa situação. O que você quer que eu conte? Não sei, o que você fez nos últimos cinco anos, por exemplo, não sei, algo. Não sei, se me pergunta assim, não sei o que dizer, não sei por onde começar. Você está feliz com seu namorado? Quer saber. O que se diz um tipo imparcial, nada tendencioso. Que pergunta, digo. Sim, estou feliz. Bah, feliz, não sei a que você se refere com feliz, você já me conhece, sigo sendo eu, mas sim, nos damos bem.

– Você está apaixonada?

– Não sei. Faz um tempo que estou pensando nisso, quando você me disse que a sua mulher, que a Mariela, Mariela se chama, né? Que você gosta muito dela, mas não a ama ou acha que não a ama e você disse assim, com tanta claridade e eu fiquei pensando nisso, em como você pode ter tanta claridade a respeito disso, do que te acontece.

– Então você não está apaixonada.

– Por que não?

– Porque se não sabe, é não, senão você não duvidaria.

– Isso é uma bobagem, é muito ingênuo, me parece que tudo é muito mais complexo.

– Para mim parece que não.

– E então para que merda você se casou com uma mina que você só gosta ou gosta muito?

– Se deu assim.

– Que espanto esse determinismo. Você não pode fazer nada sobre sua vida, você não toma decisões, deixa que as coisas aconteçam simplesmente?

– E, um pouco sim.

– Bom, para mim me parece horrível.

– Não é o mais importante isso, é um argumento infantil.

– Qual?

– O de que você só pode escolher alguém ou armar uma situação, armar algo, se está apaixonado, que merda é essa? Não funciona assim, tem um monte de outras coisas, de fatores.

– Exatamente, mas é o que te digo de que isso não tem nada a ver.

– Como que não?

– Não. Você por exemplo me dizia que me amava e se mudou para Buenos Aires.

– E o que isso tem a ver? Isso foi por outra coisa.

– Exatamente, é o que estou dizendo, não é o único então, não é o fator determinante; para você, nesse momento não foi suficiente.

Me calo, me calo a boca. Não sei o que dizer, não posso rebater, não posso rebater nada. Me pergunto, me pergunto então se é certo que não foi o suficiente, para mim, então. Provavelmente não, ou sim, mas não importava o bastante com isso nesse momento. Tinha que fazer minha vida e para isso necessitava ir a Buenos Aires. Eu tinha que fazer minha vida e para isso, tinha que ir a Buenos Aires.

– Eu era sua vida nesse momento, ou, pelo menos, parte, e você foi buscar outra vida, em outro lado.

– Não seja assim, Julián.

– Assim como?

– Filho da puta.

– Não sou filho da puta, besta. Te digo sem nenhum rancor, por dizer, só isso.

– Diz por dizer, tá, vai cagar.

Um pouco de distensão, pelo menos nós rimos. Eu, de minha parte, estou um pouco deprimida. Ele me pede que eu mude de música. Procura no porta-luvas; não pode procurar e seguir dirigindo, me pede que eu busque o CD do Babasónicos. Qual você tem? *Dopádromo*, acho, e o *Trance Zomba*. Uma boa seleção. Agradeço pela discografia. Coloco um e coloco no randômico; quero que "Montañas de agua" e "Viva Satanás!" toquem o antes possível. E quero que nos surpreendam. Começa com "Malón". São fodidos os randômicos. De qualquer modo, "Malón" está muito bem. Juli disse para daqui a pouco pararmos para comer, e me lembro de que tenho uns sanduíches. Que então paremos para comer os sanduíches, que não quer comer dirigindo, que depois tem a sensação de ter comido. Gosto da ideia de um breve piquenique ao lado da estrada. De que são os sanduíches, quer saber; não se preocupe, coloquei maionese, algo dos seus gostos ainda lembro. Estou chateada, me dou conta, mas não quero compartilhar isso com ele. Depois de tudo, não é que ele tenha tanto a culpa. De fato é certo o que ele me disse e ele, seu tom, não foi particularmente para ferir. Estamos tendo uma conversa, de confrontação de argumentos, e terminou ele tendo razão, o que posso fazer. Mas será que tem, de fato, razão? Ou me convenceu pelo tom? Vejamos. Que o amor não é suficiente, foi o que disse, acho. Ou que não importa, ou que é outra coisa. Disse também, como prova, que eu dizia amá-lo e que ainda assim fui embora e o deixei. Isso é certo, em um aspecto, e nada certo, em outros. Fui embora, essa é a verdade, mas não o deixei. Ele poderia ter vindo também. E não quis. Ou não pôde. Então que, ou não me amava tanto como dizia, ou – e aqui voltamos ao miolo – com o amor não se chega a nenhuma parte/o amor é não conducente. Eu o amei, sim, nem posso afirmar que já não o amo, mas sim, decidi viver longe dele. Não renunciei a outras coisas por ele, pelo contrário, fui dele para outras coisas, e todas incertas. Tinha uma vida e a projeção dessa vida nesse lugar e outra, uma incógnita em outro lado. Escolhi a última, escolhi não saber. Fui atrás do incerto. Depois já não quis voltar a pensar se o amei ou se não era suficiente ou se era um caminho sem saída no qual tratava de escolher ou escolher. Nesse momento eu pensava que se eu tivesse ficado, em alguns meses, teríamos nos matado. Literalmente. Ou pior: teria tudo se diluído. Pensava que tinha que estudar, pensava que tinha que ir longe para ser melhor, ser diferente? Ver outras coisas, conhecer outras pessoas de – muitos – lados. Não pude (não quis) renunciar a isso. E nem ele a sua aversão pela cidade, pela cidade grande. E isso pode mais, mais que nós, porque era um nós, isso éramos um nós, mas cada um sozinho, como individuais, já não como par. Assim fomos: não fomos. O pior é que agora já nem sequer posso me dar conta do que é melhor, o que é melhor, se ir ou se ficar, se sim ele, se não ele, se Manuel, se o quê. Provavelmente dá no mesmo, disso se trata tudo. Agora já nem sei. Que deprimente. Se não fosse suficiente com o amor, o que sobra? Sempre pensei que – pelo menos nisso – se podia acreditar. Tantos livros, tantos filmes nos quais tudo se resolve com amor, por amor. Onde o amor salva. E aqui, no mundo real, nisto que reconheço como real, o amor não só não salva como também nem é suficiente. É outra coisa mais, como um acessório, um adorno, algo que embeleza, mas que poderia – perfeitamente – não estar. O amor como ornamento, que tal? Como ornamento. Que depressão. Então, que precisa importar se Julián ou se Manuel ou quem seja, se igual não é mais que uma contingência e nunca será suficiente? Me pergunta se me deprimi. Que não, que está tudo bem, minto e então percebo que está terminando de tocar "Montañas de agua". Que importa, estou deprimida, que pode mudar já uma música de Babasónicos, quem te tira da lama do desamor, da ausência de amor, ou pior, de sua inutilidade. Fecho a boca, permaneço calada, escolho o silêncio e perambulo aí, do outro lado da janela. Que tristeza, que descontentamento.

30

UM SONHO DE ANGÚSTIA, SEM AMBIÇÕES, ISSO É: UM SO-
nho sem ambições. Um sonho recorrente, então, estranho,
porque tem continuidade. No tempo. Como uma espécie de
recorrência que, no entanto, avança. Em algum momento, em
outro inconsciente, cortei em pedacinhos um cara, não importava muito, algum cara da faculdade, algum da matéria de
trabalho de campo, algo assim. Em algum momento, em um
sonho passado, outro – já não sei como nem por que – o
matei e o cortei em pedacinhos. Agora e desde então – eis
aqui a sensação de continuidade – o levo numa bolsa. Em um
saco. Como em um saco de pano, como esse. Já fede, esse é o
problema principal. Necessito imperiosamente me desfazer
dele. Não me preocupa a morte do menino, não me angustia
o crime em si, não há culpa. O que sim me atemoriza é ter
em mãos o elemento do crime, o cadáver. No sonho, então,
e constantemente, estou vendo como posso me desfazer dele.
Sim, penso que o melhor teria sido queimá-lo, mas não encontro como. Penso então em afundá-lo, mas também não
me ocorre onde poderia fazê-lo, e também me dá medo de
que volte a aparecer boiando. Nesta oportunidade, viajo com
um carro e o saco, alguém me leva, é curioso, minha sensação
é a de que o motorista é o próprio morto. Mas não é. Tenho
medo de que percebam o cheiro. Me deixam na faculdade,
que é outra, claro, mais rural essa, a onírica. Me deixam aí. Há
muito movimento. E muitos vultos. Estou muito angustiada.
O que me atemoriza profundamente é a possibilidade de que

me descubram e me levem presa. Isso é o que me dá medo: perder a liberdade, isso, sobretudo, perder minha liberdade. Ter perpetrado um crime não me traz maiores complicações; que me descubram e me encarcerem, sim. Temo profundamente isso; temo que no saco e nos troços do morto estejam minhas impressões digitais. Deixo o saco aí no corredor junto a outros sacos, outros vultos de outros estudantes, bolsas, sacos, e me afasto. Quando volto, mais tarde, o saco já não está. Os outros também não. Temo. Os estudantes não me explicam se alguém levou ou se passou o caminhão de lixo. Temo. Penso que se alguém encontrasse com os restos, o caminho até mim seria muito curto.

Acordo.

Babasónicos passa, sem pena nem glória. Não posso me conectar, não posso me conectar muito com isso agora, não tanto como queria. Por aqui, um pouco mais adiante, tem um lugar com uma árvore, uma árvore só, muito estranha, mas comemos aí, me diz. E digo beleza, me pergunta se estou bem, você tá bem, me pergunta, e minto que sim. O sol está forte acima, sobre o teto da caminhonete. Faz um tempo já que tirei sua jaqueta. Eu gosto desse sol, do calor do sol. Vejo então, uns metros à frente, essa árvore. Julián aponta, a nossa direita. Reduz a velocidade e nos afastamos alguns metros da estrada, terra dentro, porque caminho, o que se diz de um caminho, não há. Nos aproximamos com a caminhonete da arvorezinha, que é bem miúda. Mas também ao mesmo tempo é muito linda, muito lindo de ver, enrolada por um lado, e de um caule estranho, como bifurcado, por outro. Um pouco parecido aos baobás do Pequeno Príncipe. Um pouco como isso. Não sei se a imagem que tenho é das ilustrações do livro, do que imaginei, ou do filme, mas o que sei dos baobás, o que me lembro deles, se parece com isso. Juli me diz que não se lembra de nada disso. Se ele leu O Pequeno príncipe, diz que sim, mas não me lembro de tudo, menina, menina me diz, que fofo, que anacrônico. Que, no entanto, se lembra muito bem do elefante dentro da cobra, que os demais, os adultos, viam como um chapéu, mas que na realidade era essa outra coisa: uma cobra que tinha engolido um elefante, uma cobra com um elefante dentro. Ah sim, que eu também adorava essa parte, mas a que eu mais gostava de todas era aquela que o menino pedia para o aviador desenhar cordeiros, uma ovelhinha era, e o aviador tentava, mas fracassava, e o Pequeno príncipe não estava satisfeito até que o cara se enchia o saco e desenhava uma caixa, uma de papelão, com furos e dizia que dentro estava sua ovelhinha e o menino fica contente porque assim podia imaginar como bem queria. E este lugar, o lugar do piquenique, era algo assim como uma mistura entre o dos baobás e o deserto do aviador, esse lugar com dunas, no qual o aviador desenhava uma carinha ao bebê. Então paramos para comer ao lado da caminhonete-avioneta. Faz frio aí, ainda que o sol pegue superforte. No ar tem algo cortante, um frio, um vento, em forma de vento, não tão forte, por ser meio-dia, mas persistente, então não tem jeito a não ser pegar a jaqueta. E o sol, muito bem-vindo. Acho que foi isso, o seco do ambiente, o vento afiado, a inclemência do sol e, claro, os sanduíches, acabaram com minha melancolia. A estepe, em uns segundos, dissipou a tristeza, a evaporou, como se a tivesse dissecado, como uma uva passa, uma menina passa, como passa a uva, passa a menina. Comemos de pé ao lado da caminhonete, nos movemos enquanto comemos, ficar parado é se congelar. Está bem esse lugar, festejo a eleição do meu companheiro de excursão. Ahá, ele fala, ainda com o final de um bocado bastante grande do sanduíche na boca. Sempre a vi da estrada, uma vez parei para tirar foto, da árvore, mas era de tarde e não era possível suportar o vento. Então, na realidade, é a primeira vez que paro. Linda a foto, pergunto. Não sei, ainda não revelei, me diz, é verdade que você nunca revela nada, para que tira foto, é incrível que você ainda conserve essa vontade de tirar fotos. Estão bons os sanduíches, me diz. Obrigada, digo. Tem algo de lugar déja-vù, me explica, sempre me deu essa impressão, desde que descobri a árvore, desde que a vi pela primeira vez: me deu essa sensação de ser um lugar que eu já conhecia, em que eu já tinha estado. Mas você passa sempre por aqui?, o interrompo. Que sim, me explica, mas que antes nunca tinha se atentado e um dia a viu, como se fosse a primeira vez, e juraria que antes nunca a tinha visto, como se essa árvore não estivesse antes aqui. Aí. E isso, que passar por aí, por aqui, desde então lhe produzia uma sensação muito estranha, de propriedade estranha, de pertencimento. Opino que talvez seja pelo que venho dizendo, que é um lugar que se parece a outros, que remete a outros lugares e que talvez por isso ele ache que reconhece algo que não conhece em realidade. Porque, além disso, como ele sempre passava por ali, é provável que ele já tenha visto essa árvore na retina, mas que ainda não tivesse reparado conscientemente ou voluntariamente. Não sei, pode ser, é o que me diz, mas que prefere pensar que é algo místico, mais próprio, pessoal; que talvez esse, este lugar, tenha uma energia especial ou algo, algum significado. Sim, também pode ser. De fato já é bastante particular que estejamos nós dois aqui neste momento, não? Você não acha? Pode ser, me diz, eu já tinha imaginado muitas vezes. Sério, eu pergunto, como forma de dizer, sim, ele me diz e não me olha. Está absorto, olha para frente e mastiga outro sanduíche. Está bem, digo eu, porque não sei o que dizer e me dou conta, de imediato, que não sei se estou festejando o fato que ele tenha me projetado neste lugar digamos místico e ou o sanduíche de salame. Eu gosto deste lugar, expresso, me traz coisas boas; as coisas, as imagens que evoca são boas, por mais desolador que seja, o lugar.

31

TEMOS ÁGUA, BASTANTE. TOMAMOS. A PAISAGEM DÁ SEDE. A ideia de que aqui não tem água; de que não há, que não haja. Me custa muito imaginar como me sentirei quando chegar a Buenos Aires, quando voltar a estar lá. Aí, nesse deserto, debaixo da lona, me senti, na verdade, tão longe de tudo. Porque estávamos, porque estamos. Desde aqui, o cruzamento das avenidas Callao e Corrientes parece algo tão irreal, de verdade impossível; uma alucinação. Não quero voltar pra casa, mesmo que eu não saiba qual é minha casa ou talvez justamente por isso. Comunicar em palavras, tratar, tentar me comunicar com palavras, através delas. Tenho a barriga um pouco bagunçada, suponho que de tanto mate. E pelo carro. Andar tanto de carro me enjoa, por mais que seja uma caminhonete. Mesmo que eu goste. Ainda assim me enjoa. E assim, ler, nem pensar. Não posso ler dentro de um carro. Não queria também. Prefiro olhar pela janela; por nada desse mundo gostaria de perder o que acontece lá. Mas odeio não poder ler em movimento. Para ler é preciso estar quieto e isso eu não gosto. Ou ler em um veículo é ler em movimento? Eu, por exemplo, ansiaria poder andar de bicicleta e ler ou caminhar e ler, mas não dá. Isso é tudo: ou lê ou olha, não dá pra fazer as duas coisas ao mesmo tempo. Diferente é se leem pra você. Ir num carro e se leem pra você... também não, é muita informação, cedo ou tarde, me distrairia, não poderia prestar atenção naquilo que me leem, tentar imaginá-lo e, ao mesmo tempo, repousar na paisagem ou no que seja que esteja do outro lado do vidro. Hoje, depois do lanche, dormi um bom tempo, contra a janela. Isso sim, posso fazer sem nenhuma dificuldade: cochilar em qualquer parte. Como os gatos, como Ali. Poderia dizer que tenho narcolepsia. Ou depressão. Me deu pena que esse piquenique terminasse, mas, em um momento dado, começou a fazer muito vento e já não podia estar do lado de fora e, além do mais, tínhamos que seguir viagem mesmo, para chegar antes do anoitecer em Trelew e para que Juli entregasse a encomenda. Uma marotice, não sei por que tinha em mente que a viagem era muito mais longa, provavelmente porque só a fiz de criança e porque fomos de ônibus, um ainda por cima bastante escangalhado. Digo de seguir viagem e ir dormir em Madryn. Juli não quer, disse que em Trelew tem mais opções e mais baratas e que já não tem vontade de seguir dirigindo, que quer comer bem e tomar uma boa ducha o mais rápido possível. Que para Madryn vamos amanhã, que ele me leva. Damos umas voltas na cidade até que Juli encontra o endereço correto. Não me lembrava que Trelew era assim. Desde a estrada se acessa a cidade por umas ruas várias de terra e casinhas, casinhas com laguinhos e cachorros soltos. Depois, em algum momento, várias quadras, começa o asfalto e a cidade, as lojas, pouco a pouco. Comércios pequenos, muito específicos, bem tradicionais, atendidos pelos seus donos, ou quase. E depois, a principal. Damos uma volta na praça, tem bastante gente, bastante gente por todos os lados, em carros, a pé, de bicicleta, muita gente. A praça é linda, Independência acho que chego a ler, e aí dobra à direita, duas quadras mais e para em frente a um galpão-escritório. Juli baixa, eu prefiro esperá-lo no carro ou ao lado do carro. Visto sua jaqueta e baixo. Faz muito, muito frio. O sol está muito baixo já e não sobra nada de sua radiação. Nada. Dou uns pulinhos, para entrar no calor, para me desanestesiar. Caminho um pouco, exalo, solto fumaça branca.

Bato umas palmas, não sinto as mãos e um cachorro me rosna, de trás de uma grade, late e me assusta. Caminho até o final da quadra. As casinhas são todas baixas, bastante parecidas entre si, exceto por um ou outro chalé, muito novo, muito feio, que se sobressai. Ou chalé duplex, desses também têm alguns, atijolados até não poder mais, vidros espelhados e grades altas, pintadas de preto. Contra o que se atrincheiram, de quem se excluem? Não é muito patagônica a impressão, dessas grades, desses tijolos, dessas casas quadradas que não podem correr o vento. Por que na Patagônia não constroem casas ovais, ou redondas inclusive, imbatíveis? Não, chalé ou casinha quadrada, a la espanhola, a la mil oitocentos e dez, com grades e tudo, um despropósito; chalé de tijolos, que são tantos, onde os produzem? E para quê? Com tanta pedra dando mole por aí. É pelo menos curioso. Volto em direção à caminhonete, o cachorro volta a latir, Julián ainda não volta. Caminho para o outro lado, não devo parar de me mover, e a cabine fede, à comida, à respiração, a nós. Na esquina oposta, sobre um retângulo de grama, há um pequeno altar, um monólito de – mais uma vez – tijolo e cimento, pintado de branco. Tem duas portinhas de vidro e dentro, uma virgem. A virgem, a típica imagem de nossa senhora, com o manto azul sobre o vestido branco, com coroinha e as mãos unidas, sorrindo. O altar do bairro é bem cuidado: uma guirlanda de flores artificiais de cores queimadas pelo sol, umas velas, extintas e nada mais, nada de medalhinhas nem cartinhas, nem moedas nem prendas, nada. Uma nossa senhora pulcra e pobre. Giro: uma casa de um andar dá a volta na esquina e, em sua parede, se lê *Guido fodão, Condomínio Rock* e algumas coisas mais também nessa letra *skater*, que não entendo. Me pergunto se a dona da casa grafitada é também a cuidadora do altar. Me causa graça a convivência da santa, tão limpa ela, com essas letras. Fico observando. Me dá alguma coisa, alguma coisa se produz: é tão estranho o lugar onde está precisamente. E ninguém quis quebrar o vidro, mesmo sendo tão fácil. Ela aí, tão vaidosa, tão erguida, tão saudável, pacífica; olho para esta Maria, me cai bem agora, me cai bem seu olhar, sua tranquilidade, sua capa azul e seu cuidado, nesta pequena esquina, tão longe de tudo, e tão perto. Junto minhas mãos num gesto ogival, a olho nos olhos e baixo a cabeça, uma, duas, três vezes, como numa saudação oriental enquanto penso em algo, algo lhe peço ou transmito, não sei bem o quê. Volto para a caminhonete.

Amanhã começa a primavera? Acho que não, acho que ainda não.

32

VAMOS PARA MADRYN, DISSE. QUE CONSEGUIU UMA hospedagem linda na qual nos fazem um desconto, de uma familiar dos caras. Que já ligou e nos esperam. Me alegro. E que é na interbalneária, o mar, isso também, isso também diz. Que bom, digo, que fico feliz, porque, de verdade, fico feliz. Se ele não se incomoda de seguir dirigindo. Que não, que é uma hora mais e que vamos estar melhor, que é muito mais lindo. Me sinto feliz, estou contente, mas não deixo que se note muito. Voltamos à estrada, não reconheço o caminho. Trelew está muito agitado, tem ainda mais gente circulando, muito rápido, de horário de saída de trabalho, se movem todos, todos vão para algum lado. Em mim algo da noite pela frente me acende, me excita, de empolgação, não de sexual. Ainda que de sexual também. Tenho vontade de tomar uma grande, grande cerveja gelada em Madryn e ficar tonta e me encher, me entorpecer de álcool e desejar muito tudo, um tanto de tudo. E esse apetite, o do frio, o do aquecedor, se parece tanto ao apetite sexual, tanto. Parece também, um tanto, à ansiedade. Quero beber, quero beijar, quero dançar, quero ver. Ponho música. Ponho música? Melhor não, quero escutar a noite. Não digo a ele, não digo nada a ele do que pensei sobre a noite, porque ele iria rir, Julián iria rir de mim. Baixo um pouco a janela quando entramos na estrada, para que me pegue o frio na cara, para sentir o cheiro de Trelew. Agora a cidade já não cheira muito, só a frio, mas no descampado tem um pouco de cheiro de grama, de lixo, de pó, de noite.

Assim que eu gosto da noite, gosto do alvoroço. Gosto do roçar e não entender, sentir tecidos e estar confusa, um calor num tecido, um cheiro, um aroma, algo. E a saliva e o peso, o peso do corpo, do outro, contra a roupa quando faz frio, tudo isso preso aí em um tecido, esse que é de alguém, isso que é alguém, isto que faz ser tudo tão hipnótico. Ver gente na escuridão, ver na escuridão que altera a percepção, tirar a roupa na escuridão, contra alguém, contra algo, umas costas, um peito, algo que envolve/envolvente, dizer coisinhas, poucas, entre beijar e beijar, voltar à boca do outro como um ataque, um novo, renovado, cair em direção ao outro, sobre o outro, recuperar a boca, essa, uma, uma vez mais e começar tudo de novo, tudo de novo, a língua, o cheiro da boca e do contorno, do contorno dessa boca, nem todas as salivas se secam igual. Não, de forma alguma, um presságio, um agouro, perder a noção das partes do outro, de onde estão, de como se distribuem, que parte da cara é qual, qual parte da boca é, diferença de tamanhos, distorção de tamanhos, de proporções e espaço, distorção da bochecha contra a outra, perto longe, o quão áspero, o quanto não é. Lugares noturnos cheios de fumaça e corpos e possibilidades, ainda que nem sempre, mas a proximidade e esse arrastar, se jogar sobre, contra esses outros corpos e às vezes, e aos poucos, entrar, entrar nisso, por isso, tudo, ir. Roubar um pouco deles mesmos quando não se dão conta, com cuidado, para que não se deem conta e ainda assim não poder acusar de nada, de nada, do que um não pode se defender.

É certo que a viagem não era tão longa e a rota é muito particular: toda reta. Quer dizer, sobe e baixa, pela paisagem, que é de morros, mas o caminho é o mesmo, todo em frente. Então, desde lá em cima do morro, dá pra ver muito, muito longe a linha toda de luzes que leva até Madryn. Além disso, da paisagem, não se vê absolutamente nada, porque não há muito para ver também, e porque não há luz. A linha que é a estrada parece suspensa; um longo corredor como uma ponte sobre si mesma. Nem sempre saem as coisas boas da fantasia, nem sempre levam por um bom caminho. Estamos em silêncio, mas mascando chiclete de menta para não dormirmos. A cada tanto tempo, nessa estrada longa, Juli coloca a mão dele sobre o joelho, o de perto da marcha, como quase não a necessita, a apoia sobre meu joelho esquerdo. Eu a seguro, coloco minha mão sobre a dele e a acaricio, um pouquinho, um pouquinho de nada, como para reconhecê-la não mais, não mais que isso. Já passou, a tensão, a outra, a de falar, a de ter que dizer, que explicar. Em mim também passou um pouco do orgulho ferido tolo e a vontade de enchê-lo de perguntas sobre sua família, me passou a vontade de ser mãe e de saber. Agora estamos suspensos no tempo aqui dessa estrada, não estamos nele, esta linha que traçamos com o carro fora do plano, fora da rede, do tecido. Viemos de "y" e vamos em direção "a", mas aqui não há, este caminho não existe, somos nós suspensos, de mãos dadas entre luzes, sobre bancos, sem música, sem cigarros, sem café, sem mate, sem necessidades, só com a noite e nada mais.

33

O LUGAR SE CHAMA ALGO ASSIM COMO HOSPEDARIA SO-
lar ou do sol. Não, solar. É um edifício novo, de dois andares
– mais uma vez – atijolados, mas polidos, sem laquear. Nosso
quarto não tem vista para o mar, estamos nos fundos que
dá ao jardim de uns vizinhos, cheio de latarias e tralhas e
um cachorro selvagem. Os móveis e a decoração são neutros,
sem muita opinião, mas são novos e limpinhos, agradáveis,
tudo agradavelmente branco. A primeira coisa que faz Julián
quando chegamos é tomar banho, e gasta sua hora aí. Não sei
o que pode acontecer, estou agora um pouco nervosa. Este
assunto da cama de casal me assusta um pouco, me deseroti-
tiza, ainda que talvez o problema seja a luz, tão branca, e do
excesso de euforia no carro. Agora sim poderia sentir que
estou casada com Julián há muito tempo, que ele é meu marido e eu, sua esposa, que o acompanha em uma viagem de
negócios. Para confirmar, ele me pede que alcance a escova
de dente que está na sua mochila. E eu a levo. Sei que escova
os dentes no chuveiro, não é um hábito que abandonou. Mas
fazia anos já que não cabia a mim ser quem leva a escova até
lá. Por sorte ele só estende o braço para fora, não saberia o
que fazer com seu corpo nu. Digo que vou sair para comprar
cerveja, ele pergunta aonde e eu digo por aqui e ele diz por
aqui não tem nada, que vou ter que caminhar um monte e
que vou morrer de frio. Que espera uns segundos e aí vamos
de caminhonete para o centro. Que prefiro caminhar, que

já estivemos dentro do carro o dia todo. Que o espere mais ainda então, que vamos comer no centro, vamos caminhando.

Julián sai do banheiro de cueca, não olho diretamente, mas percebo. Sigo escrevendo. Você não vai tomar banho, porquinha? Agora não, na volta. Se eu tomo banho agora, vou morrer de frio. Estou querendo um bife. E eu cerveja. Vamos.

Do lado de fora faz um frio do cacete, diferente de Esquel, frio de maresia, este frio. Atravessamos a via e vamos até a praia, para ver o mar. Mas o mar não se vê tão bem porque é de noite e é apenas um corpo negro, imóvel e com som, barulhento e escuro. Na praia sim que faz frio, por causa do vento, fortíssimo. Julián grita contra a noite, em direção ao mar e me agarra por trás e me abraça, me aperta o máximo que pode com tanto casaco no meio. Por sorte não chego a senti-lo totalmente, todo esse tecido me impede, mas me abraça assim e ponho minha cabeça para trás e me apoio sobre ele, sobre seu ombro e olho para a água e tenho um pouco menos de frio e eu gosto, claro que eu gosto que ele me tenha e me abrace assim, mas não sei se tenho muita vontade de que isso se torne uma viagenzinha de amor, de namorados à praia, um romance ao mar, um reencontro, não sei o que quero. Me dá bronca que ele possa ter tudo: mulher, filhos, família, amante, tudo tão fácil, tudo tão lindo, pronto pra levar. Me dá bronca, me dá bronca que eu goste e que ele possa comigo e por outro lado é tão finito, de finitude, que me dá vontade de ir com tudo ao imaginário cor-de-rosa, até o fundo, e que nos beijemos na praia e toquem todas as baladas e dizemos essas coisas e amanhã partir. Mas, agora, esse tipo de breguice me anula quase tanto como a cama de casal, tem algo de tão previsível que, de verdade, me anula. Acho que teria preferido o capote na estrada; me parece uma ideia melhor. Digo que tenho fome e que tenho frio e que quero ir. Não vai me dar um beijo, me pergunta, que não, respondo, e me diz vai cagar.

Caminhamos bem rápido, para tentar nos aquecer, a neutralidade do tecido de jeans não colabora tanto, contra o frio não é nada. Mas a fricção dos joelhos em movimento ajuda bastante a esquentar o tecido e assim marchamos. Quase não falamos, soltamos fumaça pela boca. Não parece ruim Madryn, nada mal. Lembrava de ser bem feia, industrial, e sem árvores, mas não, parece até ser bem simpática. São umas quantas quadras até o centro-centro, e os comércios que oferecem réplicas de baleias e pinguins de lã, de metal, cerâmica, pelúcia, camiseta, mate, foto, borracha, demoram a aparecer. Passamos por alguns bares de jovens – alguns com sinuca, outros com cerveja no chão, ou cerveja de litro – mas não nos convencem. Queremos comer. Juli disse que conhece uma churrascaria aonde é possível comer de tudo, Dom Roman ou São Roman, algo com Roman. Está do lado norte da cidade. Quase uma cantina. Detrás da porta de entrada sai um fedor, um buraco de comida e fritura potente, bem potente. A churrasqueira e o churrasqueiro – acredite ou não – ficam dentro do ambiente. Quase estamos a ponto de nos arrepender, mas o frio sobre nossas costas e a perspectiva de seguir andando por Madryn de jeans dissolvem nossas ideias e penetramos no cheiro tangível e material. O ambiente é o de um ex-depósito submetido a reformas menos baratas do que de mau gosto. Tem um salão anexado, notavelmente diferente, de piso de azulejo branco laqueado, brilhante, parede de azulejo também com uma moldura de rosas e toalhas de mesa combinando com o guardanapo de pano. As cadeiras levam um plastificado que as protege, também rosa, um tom a mais. Nos colocam nesse salão, o mais novo, o mais fácil de lavar, aquele do qual se sintam provavelmente mais orgulhosos. Nos olhamos mais uma vez: é este e não outro, o momento para fugir, mas não fazemos. Já me daria muita vergonha. Prefiro acreditar que, por alguma razão, mereço ou merecemos este cheiro, estes tons de falso pastel. Nas paredes, há mapas – alguns cômicos, outros não – de Madryn, da península Valdés, fotos da fauna que a vendem – orca, baleia, seguilhote, lobo marinho, foca – e outros adornos com características punas: tapizes e guardas incas ou algo parecido, fotos e pinturas de lhamas e vicunhas, mais andinas. E por último, algum ou outro adorno/lembrança da Coca-Cola, essas coisas que distribuem nos comércios que fingem ser country, country familiar. Dou as costas para o salão, vejo a parede, Julián vê o restaurante. Sobre a mesa, uns jogos americanos de papel com – mais uma vez – figuras de animais. São fotocópias de fotos, em cores. Cada um tem um animal diferente com uma pequena legenda no rodapé que dá alguns dados sobre essa espécie. Juli foi sorteado com uma raposa e eu com uma baleia. Minha baleia é azul e sua raposa, laranja. Observamos, comentamos. Odeio que eu tenha sido sorteada com a baleia, me deprime, Julián ri. Odeio ter que saber que é um mamífero cetáceo e que se aproxima até a costa uma vez por ano para se reproduzir. O garçom se aproxima e diz que se gostamos dos jogos da mesa podemos levar, são para isso. Que horror, o pior é que depois, porque me dá vergonha do garçom e do seu oferecimento, vou terminar levando o papel do cetáceo gigante dobrado em quatro para que o garçom não se sinta mal e perceba que estávamos rindo exatamente disso. Peço cerveja, a bendita cerveja, e Juli, vinho. Para baixar o fedor que, querendo ou não, já se aderiu ao paladar. Essa é a última *longneck*, então tomo essa e depois me junto ao vinho. Juli pede bife com batata frita e eu uma salada e outro bife. A cerveja me desce muito bem, o pãozinho de entrada desce muito bem com a cerveja. Na cesta vêm essas torradinhas com azeite de oliva: têm cheiro de boteco velho, não me animo, prefiro a pedra do minipãozinho. Trazem um patê, dois potinhos. Juli come, eu prefiro manteiga com sal.

— Está contente, linda?

—Você sabe que sim, sabe que um pouquinho sim. Odeio admitir, mas sim.

— Eu também, eu também estou contente. Estou gostando de te ver, de saber que você está aqui, gosto de estar aqui com você.

— Só você e eu e dois potes de patê.

— Quê?

— Não, nada, é uma coisa do Caindo na real. Ser feliz com pouco, isso.

—Você está muito linda, sabe?

— Sou.

— Sim, é, mas não digo isso. Me lembrava que você era linda, mas agora você está linda diferente.

— Diferente como?

— Maior.

— Mais gorda?

— Pode ser.

— É a cidade.

— Pode ser, mas igual ficou bem.

—Ah, então, obrigada, você também está bem.

— Não me zoa.

— Sério, ficou muito bem com a barba; a paternidade também. Embora a paternidade fica melhor com os bebês longe.

— Besta.

— Não, não, você está mais gato.

— Você não vai me beijar em nenhum momento da noite, imbecil?

— Não sei.

—Te pergunto para saber, para ir me preparando.

—Você está vermelho.

– Você também, é o vinho.

– É a churrascaria. Fede, né?

– Muito. Mas acho que já me acostumei, mas quando entramos, fedia.

O garçom, um pouco intimidador; ele e seu colega, na verdade. Estão o tempo todo de pé no nosso salão, que não está tão cheio de gente, de costas, contra a parede e olhando tudo. Suponho que seja parte de sua tarefa, a de ficar atentos e à disposição, mas definitivamente, resulta um pouco intimidador porque observam o que estamos fazendo o tempo todo. Acho até que chegam a nos escutar. A cada tanto tempo, o garçom dois, o mais novo, tira o celular do avental e manda ou recebe mensagens. Ou olha a hora? Como seja, os dois têm muita presença essa noite. Chega a salada e está muito boa, é abundante e fresca, e quase em seguida chegam os bifes e as fritas. O estranho são as fritas no final, quem diria, com este cheiro de óleo impregnando tudo. Mas entre o bife, a salada e o vinho compensam muito que bem. Nem vou falar nada da companhia, claro, nem tenho o que falar. Sinto o álcool fazer seu efeito, o sinto funcionar. Faz um tempo já que passei da cerveja para o vinho e talvez e só talvez, fui rápida demais. Agora sinto nas minhas bochechas, calculo que é a comida também e me proponho deixar de virar o copo, por um tempo que seja. Sinto a boca adormecida, relaxada e já sei que isto – irremediavelmente – se transforma/termina em vontade de beijar. O bife deixa minha barriga contente e tudo parece começar a estar bem. Me sinto, venho sentindo, de um certo momento até essa parte, muito bem. Quem poderia me tirar isso? É lindo o Juli, come e é lindo. É lindo vê-lo comer, olhá-lo. Está faminto e muito concentrado na sua presa. De tempos em tempos solta um está gostoso, sobre seu prato, e não espera resposta, e não espera nada, é só uma exaltação sobre seu prato, um enaltecimento. Se infantiliza quando come, isso me emociona. O cabelo castanho cai, cai quase sobre os ombros, levemente ondulado e despenteado, do vento, da caminhada. Tem umas sobrancelhas cheias, indo para o ruivo e a barba também tem essas cores mescladas, algum cobre, algum vermelho brilhante, algo dourado também, de vez em quando se vê. Muito desigual, faz muito tempo que não o via de barba. Não, na verdade, acho que nunca o vi de barba, é mais coisa de pai isso. Está mais anguloso, a vida de adulto suponho, a responsabilidade, isso funde os olhos, a cavidade dos olhos e lhe pronuncia as olheiras. E essas olheiras escuras fazem, por sua vez, que seus olhos castanhos chamem mais atenção, que se ressaltem mais. Por mais que já estejam retraídos, esse envelhecimento e essa escurecida na pele os ressaltam, os fazem ver. Puta que pariu, que olhos lindos ele tem. Que lindos. Todas as mudanças, um efeito dominó de mudanças que ativa a barba, a presença de tanto pelo na cara. Ou a adultez, isso pode ser também. O suéter que usa é muito fofo; um casaco de lã, grande, de lã de distintos tons de marrom, jaspeado, com zíper, marrom também. Tem uma gola grande o casaco e combina tão bem com sua cara, com seu cabelo, com seus jeans. Minha nossa, o vinho subiu para a cabeça e está começando a fazer estragos.

— É muito nhonho este suéter — digo para ele, enquanto ele mastiga. Eu, faz tempo que terminei, estou me alimentando de álcool, a base de cevada e uva, e cedi — gentilmente — uma parte de meu generoso bife. — Foi sua mãe que teceu?

— Exatamente — me diz, mastigando ainda. — O que é, essa nova palavra que você usa, tá na moda na sua facul?

— Qual? Nhonho?

— Aham.

— Não, imbecil, é do Simpsons ou do Chaves, acho, da dublagem ou do mexicano. Eu sempre usei nhonho. Com meu irmão dizemos sempre.

– Não me lembro.

– Bom, porque você só se lembra do que te convém, né?

– Olha quem fala.

– Bom, sem agressividade, me esgoto, esse pulôver te deixa charmoso.

– Obrigado.

– É muito fofo.

–Você já está bêbada.

– Pode ser, você não?

– Um pouco, pode ser.

Termina o bife, depois de tudo, come até a última e surrada batatinha, seca a gordura das mãos, da boca, com um guardanapo e me dá a mão. Estende o braço por cima da mesa, ao lado dos jogos de papel de fauna e me dá a mão. Puxa a manga do meu suéter um pouco para trás, com a ponta dos dedos, toda, e me toca. Imediatamente – isto é assim – me excito. Quero dizer: dói, dói minha vagina, se desperta, não sei como falar disso, mas algo se ativa, o desejo, por exemplo. E é só uma mão, é só isso. Acho que agora o beijaria, mas ele me serve mais vinho, com a mão que não me toca, pede outra garrafa com um aceno quase desnecessário, porque os garçons estão praticamente sobre nossas cabeças e me pergunta se eu quero sobremesa, você quer sobremesa? E o que eu posso dizer, acho que sim. Com o vinho volta o cardápio e queremos um petit gateau, com duas colheres, para dividir. Eu mais acompanho, quero muito pouco da sobremesa, do sorvete, mais para abrandar a aspereza do tinto sobre a língua, para compensar o amargo. E sigo tomando vinho, tomando vinho. Não vamos acabar essa garrafa nova. Julián pergunta se podemos levá-la, o garçom permite e traz uma rolha, outra, não a da garrafa. O levá-la me lembra do jogo de papel e então dobro a baleia e a guardo. Leva umas manchas de vinagre e de alface, mas tanto faz. Pagamos, nos abrigamos, saímos.

Atrás o fedor, lá fora, o frio. Dobramos para esquerda, para o lado da praia, estamos a meia quadra. Na esquina descobrimos uma bolona de feno, dessas de western, dos que passam pelo deserto e se transformaram num símbolo de que por aqui não passa realmente nada, mas o estranho dessa é que está em uma cidade. E balneária. Nos rimos porque estamos basicamente bem bêbados, porque é insólito que esteja aqui e porque é – de verdade – muito grande. Proponho que a levemos, a arrastamos uns metros, as pessoas olham pra gente, eu me tropeço, e a deixamos aí. Passamos na frente de um bar *cool* e Juli me propõe que a gente entre para rematar com uns uísques. O lembro da garrafa de vinho, proponho ir tomá-la em algum lugar. Ele sugere o hotel. Que não, que quero ir a algum lado natural, da natureza, à praia, por exemplo, que com este frio nem fodendo, diz Julián, que digo isso agora porque estou bêbada e não percebo, mas que amanhã vou querer me matar, com o nariz fungando no ônibus. Bom então que? Ele propõe buscar a caminhonete e ir para o lado da península. A essa hora? O que tem lá? Melhor, a essa hora não tem ninguém e podemos ir ao mirante que tem na Punta Flecha, que está a uns vinte quilômetros daqui e é possível que vejamos alguma baleia. Que não quero, que odeio as baleias, que me dão medo, que tem a cabeça cheia de crustáceos. Que não seja idiota, que a essa hora não se vê nada de toda forma, de animais, mas a vista daí é bem linda, que tem um calçadão de madeira e que o caminho até lá é bem bonito. Que se ele vai dirigir assim bêbado. Que tão bêbado não está e que de qualquer forma não seria a primeira nem a última vez. Que vamos tranquilos e que não tem ninguém na estrada. Bom, vamos. Voltamos caminhando para buscar a caminhonete, andamos rápido, vamos cantando "Árbol palmera". *Cambian los días, cambian las cabezas. / Lo que era un prado, ahora es león/ o es un gato con dreads y algo de lepra/ y no son mi imaginación.*

– Como você canta?

– Quê?

– Você disse "o es un gato con *dreads*"?

– Sim.

– Não é assim. A letra é "o es un gato con *recia* y algo de lepra".

– Você tá louca, e isso que merda significa?

– E um gato com *dreads*? Você que está viajando.

– Você que viaja, que merda significa um gato com *recia*?

– Não sei, sempre cantei assim, nunca vi a letra... Você tem certeza que é *dreads*?

– Eu acho que sim, agora fiquei na dúvida, mas acho que sim, tem lógica ser.

– Sim, pode ser.

Digo para ele que tenho frio, e ele me diz que pode correr, e me pegar com a caminhonete, que, enquanto isso, eu sigo caminhando e que nos encontramos no caminho. Ele sai correndo, e eu me pergunto se voltará, se lembrará que me deixou para trás, ou se vai acabar indo dormir no hotel. Canto para mim, para me esquentar enquanto caminho: *El árbol mide el tiempo en su corteza. / Yo enajenado miro alrededor. / Estoy en medio de un árbol palmera / entre hojas verdes pienso soy...* Ou era "en vos", *entre hojas verdes pienso en vos*? E o curioso é que então penso em você, de repente, como uma paulada, me vem você. São os anos noventa, é você. Adolescentes nos noventa, o século vinte e um já-já chega e nos encontra ridículos, e nos descarta. Assim como os noventa fizeram com os oitenta, um rebote talvez, é o que nos constitui. E os dois mil e o ano dois mil, nunca sei como dizer, suponho que os dois mil, quase nada, você mal chegou neles. Puta merda, agora aqui, nessa euforia, com Juli, no sul, com o frio, com o álcool, com a década, o passado, o que nos configura, penso em você. Você me vem, você me aparece na noite, que não esteja, mas aparece, que eu não possa contar para você isso tudo, ainda que eu finja que sim, não poder te contar nada nunca mais é algo que ainda não posso entender. Que você tenha demorado tanto tempo em se decompor também não, isso também não entendo, não posso acreditar que ainda tivesse sobrado tanto de você mesmo, ali embaixo, enterrada, cabelo e essas coisas, pele. Não quero levar nada, nunca quis, e daria (não sei o que, tudo não, porque então você não estaria, mas eu daria muito) tanto por poder contar para você, de verdade, te ver, cantar uma música com você, gritar abraçadas, convidar você para ir para a capital, que conheça minha casa e meu namorado, o de agora, e que ele te conheça, e que você me diga qual é o melhor, qual te cai melhor, se Juli ou se ele, ainda que eu já saiba que você prefere o Manuel e na verdade a nenhum dos dois, porque só nós duas já nos bastamos, não precisa ninguém mais, não necessitávamos nada mais e sim necessitamos. Você não sabe o quanto daria para dançar pulando uma vez mais, abraçadas ou não, no meio da muvuca, ver você se afastar, se aproximar de uma rodinha, tão longe, tão perto, se aproximar socando tudo, se colidir com os moleques, a gente se matar de rir, ver seu gesto, sua risada deformada, perto, longe, vai, vem, apoiada no pessoal, eu também e gritamos, gritamos junto com todo mundo as letras das músicas. Ou nos fazemos promessas de amor eterno, de amizade eterna, a forma mais pura de amor sobre as mesas de bar, mesas de madeira já todas riscadas por outras lendas, outros romances, outras promessas, declarações de eternidade, de incondicionalidade eterna sobre as mesas de madeira de bar sujas de casca de amendoim, de amendoim velho e de auréolas de cerveja que perde calor, frio, e que esse excesso, esse excedente de cerveja que fica na manga do suéter, da jaqueta, dessa aqui talvez? E de te abraçar sobre a mesa, com cerveja, com amendoim, com nomezinhos, desenhinhos, de abraçarmos e prometer coisas para sempre e que nos olhem e nós prometermos coisas para sempre.

34

TOCAM UMA BUZINA. DEVO DAR LÁSTIMA. ESTOU SENTA-
da no meio-fio com a cabeça entre as pernas, o meu cabelo
cai sobre a cara, uso seu capuz e estou toda chorada. Que
você está fazendo, mina. Subo. Por que você está chorando,
me pergunta. Que me lembrei de você, digo. Que sinto muito sua falta. Claro que sente, besta, me diz. Mas que não, que
fazia muito que eu não sentia tão assim, explico. Que "Árbol
palmera" me esmagou, digo, os anos noventa me afundam.
Tira meu cabelo da cara, e num mesmo gesto, me beija, vem
para cima. Não entendo nada, obviamente, lhe devolvo o beijo, ou seja, não é que lhe devolvo, mas que estou muito aí
para recebê-lo, tão aí. Está quente, sua boca está muito quente
do lado de dentro. Isso está bom, está suave. Não posso evitar
me enjoar um pouco quando fecho os olhos, é a bebedeira, é
o luto. Nos beijamos profundamente, sabe como é isso, beijar com amor. A isso me refiro, esses beijos que são tudo, os
que quase não dá para se diferenciar do outro, esses que você
se mete tão dentro do outro, que você está toda lá dentro, e
vão e vêm as línguas que se colocam tão grandes e tão vivas
com os olhos fechados, como vermes úmidos, escorregadios,
fuçadores. Depois de muito, termina o beijo, nos abraçamos,
me afundo em seu casaco, na lãzinha e me limpo a baba que
me deixou, que nos deixamos. Me abraça, forte e choro. E
já não vou poder deixar de chorar, algo se rompeu/soltou.
Tudo o que não chorei em Esquel aparece, quer sair, se tornar
água. Já não posso deixar de chorar, Juli me pergunta se que-

ro conversar sobre isso, eu que não, sigo chorando e de vez em quando me afundo em sua boca. Choro e beijo, é tudo o que sei fazer. Não quero falar, não tem nada para dizer, só se trata de soltar. Então beijar, chorar e abraçar, abraçar como descanso, gerar fluido, muito. Choro e saliva. De tanto chorar o enjoo da bebedeira vai se transformando em cansaço, em esgotamento: na medida em que me recupero a calma, vou adormecendo. Tem a ver com o aquecedor do carro também, do supor. Vou adormecendo, mas chego a perceber que Juli ainda fala comigo, me diz coisas, lindas, de amor, me acaricia o rosto, sempre gostar de você, linda, sempre, quero responder, retribuir, responder, mas não posso, estou amortecida, de tristeza, dos beijos, já vou indo. Sei, ainda, porque sei com o corpo, que Juli sai com o carro. Não sei aonde vamos, mas me deixo ir, vou.

35

– ALÉM DISSO, ESTOU MENSTRUADA.

– Não tenho medo de sangue, estive em um parto. E além disso, não seria nem a primeira nem a última vez.

– Não posso, você tem cheiro de bebê, não sei, a vômito de bebê.

– Que você está dizendo, besta, se essa roupa está limpa.

– Não é um cheiro que sai com lavar a roupa, você tem o menino impregnado.

– Não é do menino, é cheiro de merda que ficou da churrascaria, você também tem. Te amo.

– Basta, Juli.

– É sério, sempre te amei.

– Você não sabe nada sobre isso.

– Ah, é você que sabe, né, besta, você que sempre sai correndo.

– Eu que sempre saio correndo?

– Sim.

– Além do que, de que serve agora você dizer que me ama? O que você quer com isso?

– Não quero conseguir nada, só estou dizendo o que eu tenho.

– O que você tem é uma mulher e dois filhos.

– O que isso tem a ver, tem horas que me surpreendo quão imbecil você pode ser. O que é essa merda de moral de meia-tigela agora? Você se faz a moderna, que vive na capital, mas na verdade, é bastante tonta.

—Você está me chamando de tonta, imbecil, estou tratando de respeitar você e sua família.

— Do que você está falando, em respeitar, se você nem sequer os conhece, eles não são nada pra você.

— Sim, são. Além disso, faço isso por mim também, para me preservar um pouco.

— O que você faz aqui, então?

— Não sei, queria falar com você, porque sentia sua falta, porque afinal em Esquel não podíamos falar nada.

—Você gosta de mim?

— Por que me pergunta isso? Eu não gosto do cheiro ácido de bebê que você tem.

— Ah, vai, não se faça de idiota.

— Não me pergunte isso, você sabe que eu gosto de você, te disse ontem, você é foda.

— E então?

— Não sei, não posso.

—Vontade de te encher de porrada.

— É? Então me enche.

— Não me provoca, idiota, você sabe que se me pede que eu te bata, me dá vontade de te comer.

—Você me excita muito.

— Então deixa de falar merda, se tenho vontade de te comer desde que te vi.

— No bar?

— Não sei, foi aí?

— Sim, nos vimos no bar da Vanina pela primeira vez... de agora, digo.

— Sim, pode ser.

— E por que você não me disse nada? Se você me levou para casa como se não quisesse.

— Quando?

— Essa noite, depois do bar, você me deixou na casa de Andrea, como se nada, você nem me beijou.

— Não te entendo, cara, quer transar ou não?

—Você me disse que me ama.

— Sim.

— Bom, para mim parece que não, não quero transar com você, daqui a pouco tenho que pegar o ônibus a Buenos Aires, voltar com meu namorado, não sei se tenho vontade, me custou muito superar tudo na última vez.

—Você prefere que não aconteça nada então? Prefere voltar para sua casa assim?

— Assim como?

— Excitada.

— Não seria a primeira vez.

— Então tá, Emi, para, não é assim, você está me enrolando, não transamos então, se você não quer, não é transar por transar, não é tão importante assim transar com você. Não tenho mais vontade de discutir, se seguimos discutindo me dá mais vontade, sinto que você fica dando voltas e voltas, não sei, já foi, me dá um abraço.

Me abraça. A que está excitada sou eu. Não posso mais. Ainda que não seja exatamente excitação, porque não é em geral; não teria vontade nem de me tocar, nem de estar com outra pessoa. É ele, é a ressaca, é este momento e é ele. E somos nós. Apoio minha cabeça sobre seu ombro, meto minha cara no seu pescoço, respiro aí. Cheira tão bem, por mais verdade que seja o lance da acidez, não me incomoda, convive bem com esse cheiro tão conhecido, o seu, seu suor, seu cheiro de pessoa. Trato de não respirar exatamente no pescoço, porque estou confusa e não quero seguir deixando ele louco. Para ele parece ser tudo muitíssimo mais simples. Acha que me ama, mas já se resignou, então ele pode me amar desde esse lugar passivo, pensar em mim, em partes, em fragmentos meus, do que sou e do quer que eu seja, me escolhe, escolhe minhas porções, me guarda, me conserva na memória de uma maneira particular, me revive quando quer e é uma melancolia, uma lembrança daquilo que pode ser, e esta seria a trepada mais triste do mundo e a mais linda ao mesmo tempo. Hoje nos despedimos e pensa em mim por três dias mais, enquanto volta na caminhonete, e cada vez que passe pela árvore do piquenique, e tudo é tão triste e tão belo e tão definitivo, e depois chega a sua casa onde o esperam, seu filho e a gravidez de sua mulher e seu filho novo, sem falar quando esse nascer também, e então já tudo se torna relativo e vou me afastando, minha lembrança se torna opaca, umas imagens em sépia, difíceis de apreciar, tão relativas depois de tudo, tão relativas. E eu não, eu, por minha parte, choro toda a viagem de volta e esse é o começo do começo do fim, porque pelo menos estou em trânsito, o pior vem depois, quando tenho que recuperar minha vida, tomar o touro pelos chifres, reconstruir minha casa, minha relação com Manuel, contar que caguei tudo com Julián, ou que não caguei, porque não fiz nada contra ele, mas dizer que estive com ele, e que então Manuel se amargue, e com razão, e se sinta mal pensando que parte da minha tristeza dos próximos dias ou semanas é devida ao Julián, a essa presença que não é, e que eu trouxe e estou colocando na balança, fazendo malabares, pensando que tudo o que me rodeia fede e que nunca vou terminar de saber exatamente o que eu quero e que talvez eu esteja me equivocando sempre, e então nem ir nem ficar, nem nada, nem estar, nem estar.

36

AS NAMORADAS MORTAS, ESSE É O TEMA, AS JOVENS NA-
moradas mortas. Mortas que, por outro lado, por momentos,
parecem voltar da morte. Por momentos.

Vincent Gallo percorre um longo trecho, pela estrada,
escutando música e conhecendo senhoritas. Todas elas têm
nome de flor: Violet, Lily, Rose. Mas ele busca a Daisy. No
caminho, ele se detém na casa materna de Daisy. Aí está sua
mãe, a dela, e uma avó em estado vegetativo. Vincent pergunta por Daisy, a mãe diz que faz muito tempo que não sabe
nada sobre ela, e pergunta uma e outra vez as mesmas coisas.
Assim descobrimos que Vincent e Daisy se conhecem desde
crianças. Vincent segue a viagem, para com sua caminhonete
em umas salinas e sai para andar de moto. No final, chega na
Califórnia. Vai até uma casa para buscar Daisy, ela não lhe abre.
Ele lhe deixa um bilhete. Ele vai até um hotel a esperá-la. E
ela chega, finalmente ela chega e é Chlöe Sevigny fantasiada
de secretária, com roupinha e tudo. O encontro é altamente
perturbador, ela vai se drogar no banheiro, ele pede que ela
deixe disso, ele diz que a ama, ela diz que o ama, quer sentar
no seu colo, ele como que não quer, mas quer, e um não
entende por que, por que tanta dor se eles se amam tanto,
e entende que algo terrível deve ter acontecido no passado,
mas não sabemos, não sabemos. A coisa é que, em um dado
momento, Chlöe senta no seu colo, depois se beijam, acho, e
ele tira a blusa dela, acho que o sutiã também, não me lembro bem, e então ela começa a chupá-lo, assim, sério, num
primeiro plano pornô, e se vê muito/claramente o pinto de

Vincent Gallo, enorme e com veias e ela o come inteiro, e ele vai dizendo, assim, tirando o cabelo da cara dela, vai dizendo assim bem *pathos*, me promete que nunca vai chupar o pau de nenhum outro, me promete que não vai chupar ninguém mais, e ela, com o pau até a garganta, faz uns sons guturais como que dando a entender que sim, quer dizer, que não, que não vai chupar o pau de outro e tudo é muito triste e muito terrível. Finalmente ele acaba e se deita na cama, angustiado, e ela se deita ao lado dele e tenta consolá-lo, mas não tem consolação para ele, e começam a falar de alguma coisa, de uma noite que aconteceu algo, algo terrível, algo irremediável, e então, aí sim, vem o *flashback* e você descobre. A coisa é que uma noite no passado foram juntos a um show e ela estava um pouco drogada e bêbada e foi ao banheiro sozinha e uns moleques a seguiram e lhe deram algo para fumar, não sei que coisa ela pensava que era maconha, e o fato é que ficou inconsciente e a estupraram, a estupraram uns três ou quatro e o trágico é que ele, Vincent, em um momento se dá conta de que ela não volta, e vai buscá-la, e a vê enquanto a comem, mas não se dá conta de que ela está desmaiada e vai embora! Vai embora! Eis aqui o erro trágico, ele vai embora do lugar, porque se equivoca, porque lê mal e passam as horas para o momento em que chega uma ambulância que está levando a Daisy, e ela, no presente da ação, lhe conta que bom, que ficou aí tirada no chão, e que vomitou e que, como estava inconsciente, tragou seu próprio vômito e se afogou. E ela lhe pergunta: por que você foi embora, por que não me ajudou? E ele diz: o que aconteceu, o que aconteceu? E ela responde: E, morri. E primeiro você não entende, e depois sim, entende; ela diz várias vezes que morreu e você a vê na maca, com o rosto tapado por um lençol e se pergunta, será que depois a reviveram? Mas não, a coisa é que morreu, só isso, morreu de verdade, e aí volta ao presente do hotel e você se dá conta de que ele está sozinho na cama e que Daisy já não está e que nunca esteve, como o coelho marrom.

37

NÃO TENHO VONTADE DE TOMAR CAFÉ DA MANHÃ. O suco de laranja não me interessa, o iogurte menos, os croissants também não. Como uma torrada, para ver se pode ter algum efeito sobre a ressaca. Olho pela janela, Juli, do meu lado esquerdo, come um pouco de tudo. Não fala. Assopro o vapor do meu chá. Olho para frente; sobre o mar, o sol. Minha cabeça dói muito, tenho umas olheiras imundas e estou enjoada. Penso na viagem longa que me espera, e por um lado tenho vontade de estar sozinha, de estar sozinha outra vez, e por outro, temo me enjoar, vomitar, me sentir mal e não vê-lo mais. Termina seu café, me olha, me toca a cabeça. Olho para ele, sorrio, tênue. Me pergunta se me sinto melhor, digo que não, e me diz mas que bosta.

Carregamos a caminhonete, saímos pela interbalneária, faz um dia lindo. Olho pela janela, estou do lado do mar. Abro um pouco a janela, o hermético me enjoa. Me dou conta de que não me lembro de nada de ontem à noite, de depois de adormecer, nada. Me dá pena, me dá náuseas. Chegamos à rodoviária, muito rápido, era tão perto de carro. Juli me pergunta se quero que ele me acompanhe, para comprar a passagem, a esperar na fila, lhe digo que não, que prefiro que não. Ele busca a mochila, a coloca na calçada, me olha. Eu me sinto um cu, típico sintoma anulador: em lugar de poder pensar na despedida tenho umas retorções, sinto que tenho que ir ao banheiro já, e então procuro que tudo seja rápido e expeditivo. Me agarra as mãos, me olha, eu estou para dentro, não o olho muito, não quero conectar, me pede que me cuide, que diz que gostou de me ver, eu digo que sim só com a cabeça, não falo, me abraça, eu fico dura, tensa entre seus braços, apenas dou uns tapinhas nas suas costas, ele se dá conta, se afasta, me olha e me diz vai cagar. Nunca tão atinado.

Me solta as mãos, sobe na caminhonete e arranca. Sai fumaça do escapamento, a caminhonete dá uns trancos e depois só posso ver os para-lamas, e esses para-lamas agora se afastam, saem do meu campo de visão. E isso é tudo. Agarro a mochila e caminho tão rápido para dentro, atrás de um banheiro.

Sinto a água correr. Escuto uma música ao longe, ainda que esteja alta. Deixar de funcionar assim, como costumava agir. Não ir a rodoviárias, acompanhar. Não despedir. Segue sendo a água ou o aplaudem agora? Umas lâminas se soltam dos meus dentes, não sei de que são, não sei se é pão ou erosão; se já estavam antes e agora decantam, decantam, e agora o pescoço começa a doer. Começa. E depois não te perguntam nada, nada mais. O ridículo. Não estar aí nem aí nem aí nem aí e agir, no entanto. Como convidar alguém para jantar, a alguém muito especial, e que não venham. E que não te perguntem nada: nem como você está, nem no que você pensa em fazer, nem que dizer de como pensa fazê-lo. Só nada de nada. Não sabe o que significa tudo isso, não? Sabe o que significa? Beijar não é nada e é tudo. De ter as coisas ao alcance das mãos e não saber como pedi-las, como acessá-las. Uma imagem de si mesmo, fora de foco. Um não desenho de si, da imagem de si, o contorno. Se parecer muito pouco com o próprio ideal, parecer tão pouco às vezes. Não querer deixar ir, nem poder agarrar, que se escorra pelas mãos, pelos dedos, como você, como as suas coisas, seus retalhos, partes de algo, da amiga também, fragmentos de uma amiga que já não há, que não é. Dever querer se aproximar, a ser o mais parecido à melhor versão de si mesmo, e girar, dar voltas completas em torno da coisa que não é, como imantada, como tonta, como imantada e repelida ao mesmo tempo, assim. Outra vez de cara contra o que não é possível nem sentir, nem tocar. Eu aqui e do outro lado, você. Levo esse enorme entre meus braços, e não vejo o que, e assim abraçada ao que não é, fico, grudada a um núcleo de algo que define um aqui e outro aqui, que não se veem nem se tocam, não mais.

Um pouco depois, em um banco no sol, na plataforma, com um cachorro sarnento nos meus pés, cachorro amigo, cachorro de transição, posso me destruir um pouco quando meto a mão no bolso e me topo com aquele jogo americano engordurado, o de papel da baleia, no meu bolso direito. A baleia, o cachorro com sarna, todos nós um pouco estropiados. Meu cachorro lambe o papel, o destroça, o engole, em troços, azuis claros, de baleia, de gordura, de animal, busca a mancha; a baleia, a boca do cachorro.

Este livro foi composto em Bembo Std para a Editora Moinhos, em
setembro de 2021, enquanto Ray Charles cantava *Come Back Baby*.

★

No Brasil, uma Medida Provisória era editada pelo presidente
com o intuito de se estabelecer regras para que houvesse uma
limitação da remoção de conteúdos nas redes sociais, o que,
por sua vez, contribuiria para a propagação das fake news.